れがたき二人

SIMONE DE BEAUVOIR
LES INSÉPARABLES

シモーヌ・ド・ボーヴォワール

関口涼子 訳

早川書房

離れがたき二人

LES INSÉPARABLES
by
Simone de Beauvoir
Postface de Sylvie Le Bon de Beauvoir

Translated by
Ryoko Sekiguchi
First published 2021 in Japan by
Hayakawa Publishing, Inc.
This book is published in Japan by
arrangement with
Éditions de L'Herne
through Bureau des Copyrights Français, Tokyo.

装幀／名久井直子
カバー写真© Association Élisabeth Lacoin / L'Herne

目次

ザザへ

今宵目に涙が浮かぶのは、あなたが死んだからなのか、それともわたしが生きているからなのでしょうか。わたしはこの物語をあなたに捧げるべきなのでしょう。でも、あなたはもうどこにもいないと知っています、だから文学の技巧を借りわたしはあなたに話しかけるのです。もっとも、これは完全にあなたの物語というわけではなく、ただあなたから着想を得た物語に過ぎません。あなたはアンドレではありませんでしたし、わたしも、自分の代わりに話すこのシルヴィーではないのです。

第一章

九歳の時、わたしは親の言うことを聞く良い子でした。ずっとそうだったわけではありません。もっと幼い頃には、大人の言いつけに従わなければならないのが気に入らず、癇(かん)癪(しゃく)を起こしていたので、伯母がある日、深刻な面持ちでこう言ったくらいでした。「シルヴィーは悪魔に取り憑かれているよ」わたしに分別を与えたのは戦争と宗教でした。わたしはすぐに模範的な愛国心を発揮し、「ドイツ製」と書かれたセルロイドの赤ん坊の人形を踏みつけて壊しました。いずれにしても好きな人形ではなかったのです。神様がフランスを救ってくださるか否かはわたしの行いと信仰心にかかっていると教わったので、義務を怠るわけにはいきませんでした。わたしは、サクレクール寺院内を、幟(のぼり)を掲げて歌いながら他の女の子たちと練り歩きました。頻繁にお祈りをするようになり、それが習慣となりました。アデライード校付きの司祭だったドミニーク神父はわたしが熱心に祈るのはいいことだと励ましてくれました。チュールのワンピースを着て、アイルランド製のレースでできたモブキャップ（女児がかぶる、頭をすっぽりと覆うモスリン製の帽子）をかぶり、わたしは初聖体拝領を行いました。この日から、わたしは、妹たちの手本とされることになったのです。天の采配により、父さんは心不全を理由に戦争局に配置されていました。

その朝、わたしはとても興奮していました。新学期だったのです。早く学校に行き、ミサのように厳粛な授業に出て、静けさの支配する廊下を歩き、優しく微笑む女性の先生たちに再会したくてうずうずしていました。女性教師たちは皆、長いスカート、ハイネックのブラウスを身にまとっていましたが、施設の一部が病院として再編成されて以降は、彼女たちの多くは看護婦の制服を着ていました。赤十字の印の付いた白いヴェールの下、彼女たちは聖女のように見え、彼女たちの胸に抱きしめられるとどきどきしました。わたしは急いでスープと灰色のパン——戦争の前にはブリオッシュとホットチョコレートだったのですが——を飲み込むと、母さんが妹たちの支度をするのをやきもきしながら待っていました。わたしたち姉妹は三人ともホライゾンブルーのコートを着ていました。本物の将校さん用のラシャで作られ、軍の外套のようなスタイルで仕立てられていました。

「見てください、ハーフベルトまで付いているんですよ」母さんは、わたしたちの格好に驚き、うらやましげに眺めている母さんの友だちに言いました。建物を出ると、母さんは妹二人の手をそれぞれ取りました。そして、アパルトマンの下に騒々しく開店したばかりのカフェ〈ラ・ロトンド〉の前を嘆(なげ)かわしく思いながら通りました。ここは、父さんによれば、敗北主義者たちのたまり場だそうなのです。その言葉が気になって尋ねると、「フランスが負けると信じている人たちなのだよ」と説明してくれました。「ああいった輩は皆銃殺してしまえばいいのだ」わたしには理解できませんでした。誰でも、わざと何かを信じるということはないのです。ある考えが頭をよぎったからといって罰せられてもいいのでしょうか。毒入りキャンディーを子供たちに配るスパイや、地下鉄で、フランス人のご婦人たちに毒が塗られた針を刺す人たちは、むろん死刑に値します。でも敗北主義者の話はわたしを困惑させました。母さんに尋ねてみましたが、いつも父さんと同じ答えが返ってくるのでした。

　妹たちはまだすたすたとは歩けないので、リュクサンブール公園の柵は終わりがないように感じられました。やっと学校の入口に着くと、わたしは、嬉しくて、真新しい本でぱんぱんに膨らんだランドセルを振り回しながら階段を駆け上がりました。廊下には、塗られたばかりのワックスに混じって、病気の匂いが薄く漂っているのにわたしは気がつきました。生徒監督の女の人たちがわたしを抱擁し、更衣室では去年のクラスメイトに会いました。その中の誰とも特に親しくはありませんが、一緒にはしゃいだりするのは好きでした。わたしは、大ホールのガラスケースの前で立ち止まりました。そこには、古い死んだものがたくさん飾られていて、そこで見事にもう一度死んだようになっていました。剥製(はくせい)

の鳥からは羽根が落ち、植物標本はポロポロ剝がれ、貝の色は褪せ……。鐘が鳴り、わたしは聖マルグリット教室に入りました。どの教室も似通っています。黒いモールスキンのカバーが施された楕円の机を囲んで生徒たちは座り、上座には先生が立つのです。お母さんたちはわたしたちの後ろにいて、防寒帽を編んだりしながらわたしたちを見守っていました。自分の席の方に行くと、隣に、知らない小柄の女の子が座っているのに気がつきました。黒褐色の髪で、頬がほっそりとし、わたしよりもずっと幼く見えました。その子は黒っぽい輝く瞳でわたしを力強くじっと見つめました。

「一番の優等生ってあなた？」

「わたしはシルヴィー・ルパージュ。あなたの名前は」

「アンドレ・ガラール。九歳。小さく見えるでしょう、生きながら焼かれたからで、その後あまり背が伸びなかったの。それで一年間学校を休まなければならなかったのだけど、ママンは、今はわたしが遅れを取り戻さなければって思っているの。去年のノートを貸してくださるかしら」

「いいわよ」とわたしは言いました。

アンドレは、早口で正確に、自信ありげに話したので、わたしはなんだか困惑してしまいました。彼女は警戒するようにわたしをじろじろ見ました。

「隣の女の子が、あなたが学級で一番だって言ったの。本当？」そう言うとアンドレは頭をリゼットの方にやりました。

「そういうことも、割とあるわ」とわたしは謙遜して言いました。

それから、アンドレの顔をまじまじと見つめました。ストレートの黒褐色の髪が顔の周りにすとんと落ち、顎にはインクの染みがついていました。生きながら焼かれた女の子には毎日出会うものではありません。たくさん聞きたいことがあったのですが、デュボワ先生が、ロングスカートを床に引きずりながら教室に入ってきました。快活で、口の周りに濃いうぶ毛が生えている先生で、わたしはとても尊敬していました。先生は座ると出欠を取り、顔を上げてアンドレを見ました。

「あなたが新入生ね。初めてで緊張したりしていませんか」

「先生、わたし内気じゃないですから」とアンドレは落ち着き払って言い、愛想よくこう付け加えました。「それに、先生は緊張させるような感じではありませんし」

デュボワ先生は一瞬言い淀み、それから薄いひげの下で微笑むと出欠を取り続けました。

授業はいつも同じ儀式で終わります。先生は戸口に立って、父兄一人一人と握手し、生徒一人一人の額に接吻します。先生はアンドレの肩に手を置きました。

「今まで学校で授業を受けたことはないの？」

「ありません。これまでは家で自習していました。でも今は十分大きくなりましたので」

「あなたのお姉さんに習ってよくお勉強なさいね」

「先生、姉さんとわたしは全く違うんです。マルーはパパ似で、算数が得意ですけど、わたしはとりわけ文学が好きなんです」

リゼットはわたしを肘でつつきました。無作法とは言えないにしても、先生に対する口のきき方ではありませんでした。

「通学生の学習室はどこだか知っていますか？　ご両親がすぐに迎えにいらっしゃらないときには、そこで待っているのですよ」と先生は言いました。

「先生、家の者は迎えには来ません。ひとりで帰ります」アンドレはこう言うと、付け加えました。

「ママンがそうしなさいって言ったんです」

「ひとりでですか」

デュボワ先生はそう言うと肩をすくめました。

「まあ、お母様がそうおっしゃったのなら……」

先生はわたしの額に接吻をし、わたしはアンドレの後について更衣室に行きました。彼女はコートを着ました。わたしのほど個性的ではありませんが、とても可愛らしいコートでした。赤いラティネ（表面の縮れた厚手の毛織物）で、金色のボタンが付いていました。下町の娘ではないのに、ひとりで外出させるなんてどういうことでしょうか。アンドレのお母さんは、毒入りキャンディーや、殺人針の危険について知らないのでしょうか。

「アンドレさん、どこにお住まいなの？」と母さんは、妹たちと階段を下りながら聞きました。

「グルネル通りです」

「それなら、サンジェルマン大通りまで一緒に行きましょう。ちょうど同じ方角だから」

「そういうことでしたら喜んで。でもどうぞお気遣いなく」

そういうと、アンドレは母さんを真面目に見つめました。

「というのも、マダム、わたしたち七人きょうだいなんです。それで、ひとりでなんでもできるようにならなければとママンは言うんです」

母さんは頷きはしましたが、みたところ、その意見には賛成できかねるようでした。

通りに出ると、わたしはアンドレに色々聞き始めました。

「ねえ、生きながら焼かれたって、どういう風に？」

「焚き火でじゃがいもを焼いていた時。服に火がついて、右の腿（もも）が骨まで焼け焦げてしまったの」

アンドレはこれで説明はおしまい、という仕草をしました。この過去の事故については話したくないようでした。

「いつノートを見せてもらえるかしら。去年何を勉強したのか知っていないといけないから。どこにお住まいなのか言ってくれれば、今日の午後伺うわ。または明日でもいいけど」

わたしは、どうしたらいいか母さんに目で尋ねました。リュクサンブール公園では、知らない女の子と遊んではいけないよと言われていたからです。

「今週は無理ね。土曜日になったら考えましょう」母さんは多少ためらってから言いました。

「結構です。土曜日までお待ちします」

わたしは、アンドレが赤いラティネのコート姿で大通りを横切るのを見ていました。本当に小柄でいながら、大人のように堂々と歩いていました。

「お前の叔父さんのジャックは、ガラール家を知っているはずだよ、ブランシャール家のいとこのラヴェルニュ家の親族に当たるから」と母さんは夢見がちな声で言いました。

「同じ一家かはわからないけれど。でも、しかるべき家柄であれば、九歳の子供をひとりで歩かせないとは思うけれどねえ」

父さんと母さんは長い間、ガラール一家の本家や分家について、知っていることや見聞きしたことを話し合いました。母さんは学校の先生たちに話を聞きました。アンドレのご両親はジャック叔父さんのガラール家とは遠縁でしかなく、でも大変良い出の人たちだということでした。ガラール氏は理工科学校出身で、シトロエンで重要な地位に就いていて、「大家族の父親同盟」会長、夫人はカトリックの活動家で有名なリヴィエール・ド・ボヌイユ家に生まれ、サン＝トマ＝ダカン小教区信者たちから大変な敬意を受けていました。母さんがためらっているのにおそらく気がついたのか、ガラール夫人は次の土曜日には授業の後アンドレを迎えに来ました。昏い目の美しいご婦人で、首回りには黒いビロードの布を巻き、アンティークの宝石で留めていました。そして、母さんのことをわたしのお姉さんかと思ったと言い、「プティート・マダム」と呼びかけて母さんの好意を獲得しました。わたしは彼女のビロードの飾りは好きではなかったのですが。

ガラール夫人は、アンドレに起きた不幸を、気を使いつつ母さんに話しました。肉が裂け、大きな水疱ができ、アンブリーヌ（パラフィンと龍涎香でできた蠟質のポマード）で湿布をしたこと。アンドレは精神錯乱の発作も起こしたが、よく頑張ったこと。遊び仲間の少年が、いたずらに足を引っ掛けて、傷口をまた開けてしまったこと。叫ばないようにあまりに我慢したので気を失ったこと。アンドレがノートを見に家に来た時、わたしは彼女を尊敬の念を持ってじっと眺めました。彼女はきちんと書かれた綺麗な字でメモを取り、わたしは、彼女のプリーツスカートの下にある膨れ上がった腿のことを考えました。こんなに興味深いことは他にありませんでした。突然わたしは、自分の人生には、今まで何ひとつ起こらなかったという気さえしたのです。

知っている子供は皆わたしを退屈させました。でもアンドレは、休み時間に校庭をそぞろ歩いている時、わたしを笑わせてくれました。彼女はデュボワ先生のぎくしゃくした声、ヴァンドルー校長先生の甘い声を見事に真似できました。アンドレのお姉さんは、彼女に、学校についていてたくさんの小さな秘密を教えてくれていました。この先生たちは、イエズス会に所属していて、修練女の間は髪を横分けしているのですが、修道誓願を立てた後は髪を真ん中で分けるのです。デュボワ先生は、まだ三十歳で、一番若い先生でした。先生は昨年バカロレアを受けたところで、上級生たちは先生が恥ずかしげに長いスカートを引きずっているのをソルボンヌで見かけたと言っていました。わたしは、アンドレの不遜な態度に眉をひそめていましたが、とても面白い子だとも思っていて、彼女が先生たち二人の会話を即興で真似した時には相方を務めました。その物真似はあまりに的を射ていたので、授業の間、デュボワ先生が生徒の名簿を開けたり本を閉じたりするのを見てわたしたちはしばしば肘でつつき合いました。一度などは、突然笑いが止まらなくなってしまったこともあり、もしも普段のわたしの態度が模範的でなかったら間違いなく教室から出されてしまったことでしょう。

最初のうち、わたしはアンドレの家に遊びに行くのを恐れていました。彼女のきょうだいの他に、グルネル通りのこの家には、アンドレのいとこたちや友だちがいて、走り回り、叫び、歌を歌い、仮装をし、テーブルに飛び乗り、家具をひっくり返していました。何度か、十五歳のマルーが、年長者面をして止めに入りましたが、すぐに、ガラール夫人のこういう声が聞こえました。「子供たちを遊ばせておきなさい」わたしは、どうしてガラール夫人が、傷やたんこぶ、染みや割れたお皿などに無関心でいられるのかわかりませんでした。「ママンは怒ったことがないのよ」とアンドレは自慢げに微笑んで言いました。午後の終わりには、ガラール夫人は、わたしたちがめちゃくちゃにした部屋に笑みを浮かべ入ってきました。そして、ひっくり返った椅子を元に戻し、アンドレの額を拭ってこう言うのです。「また汗びっしょりじゃないの！」アンドレはお母さんに抱きつき、しばらくの間、表情をがらりと変えました。わたしは、きまりが悪くなって目をそらしました。おそらく、やっかみ、あるいは自分もそうしてみたいという気持ち、または、神秘から引き起こされる一種の恐れからでしょう。

　父さんと母さんを同じくらい愛さなければならないとわたしは学びました。アンドレは、父親より母親の方が好きだと言って憚りませんでした。「パパは真面目すぎるんだもの」とある日彼女は平然と言ってのけました。ガラール氏は父さんに似ていなかったので、わたしはどう振る舞ったらいいのかよくわかりませんでした。父さんは決してミサには行かず、ルルドの奇跡を父さんの前で話すと笑いました。自分にはただひとつの宗教しかないと父さんが言うのを聞いたことがあります。それは、フランスへの愛です。わたしは、父さんが敬虔でなくても困りませんでした。母さんはとても信心深い人でしたが、父さんに信仰心がなくても当然だと考えているようでした。父さんのように偉い男の人は、女性や幼い女の子より複雑な関係を神と結んでいるに違いないということなのです。ガラール氏は、その反対に、日曜日には家族で聖体拝領を受け、長いひげを生やし、モノクルをかけ、休日には社会活動に専念していました。光沢のある毛、キリスト教的な美徳はガラール氏に女性的な印象を与え、わたしの目には、氏の価値を下げているように見えました。大体にして、ガラール氏の姿を見ることはほとんどありませんでした。家を取り仕切っているのはガラール夫人でした。わたしは、ガラール夫人がアンドレを自由にしているのを羨ましく思いました。でも、いつもとても愛想よく話しかけてもらっているのに、わたしは夫人の前では居心地の悪い思いをしていました。

時々アンドレはこうわたしに言いました。「遊ぶのには疲れてしまったわ」わたしたちは、ガラール氏の書斎で座り込み、気づかれないように灯りはつけずにおしゃべりをしました。これは新鮮な楽しみでした。両親がわたしに話しかけたり、わたしの方が彼らに話をすることはありましたが、一緒におしゃべりをするということはなかったのです。アンドレとは、本当に内容がある話ができました。父さんと母さんが晩に話し合っているようにです。彼女は療養の間たくさんの本を読んでいました。そして驚くべきことに、本に書いてある物語が皆本当に起きたことだと思いこんでいるようでした。アンドレはホラティウスとポリュクトスを毛嫌いし、ドン・キホーテとシラノ・ド・ベルジュラックを賞賛していました。まるで、彼らが現実に存在していたかのように。過去の時代についても、彼女は決まった意見を持っていました。ギリシャ人は好き、ローマ人は退屈。ルイ十七世とその家族に起こった不幸な出来事には無関心だけれど、ナポレオンの死には動揺する、という風でした。

彼女の意見は多くが主観的でしたが、まだ小さかったので、先生たちは大目に見てあげていました。「この子には個性がある」と学校では言われていました。アンドレはすぐに勉学の遅れを取り戻し、わたしは作文ではどうにか彼女より少し良い点を取ることができたぐらいで、彼女は自分の作文を二回、学校のアルバムに書き写してもらうというご褒美も受けたのです。アンドレはとても上手にピアノを弾いたので、中級に編入できました。そして、バイオリンのレッスンも受け始めました。裁縫は好きではありませんでしたが、器用でした。上手にキャラメルやサブレ、チョコレートトリュフをこさえました。華奢(きゃしゃ)でしたが、側転、開脚、他のでんぐり返しなどもすべて上手にやってのけました。でもわたしの目に、彼女だけが持っている特質に思えたのは、わたしには決して意味がわからなかった幾つかの独特の感性でした。桃の花や蘭などを目にしたり、その名を発したりするだけでも、アンドレは体を震わせ、その腕には鳥肌が立ちました。その時、天が彼女に授けた最も感動的な才能が現れ、わたしはそれに感嘆しました。それは、彼女という人間が内面から現れる瞬間でした。わたしは密かに、アンドレは、将来書物にその人生が記される天才少女の一人に違いないと思っていたのです。

学校の生徒の多くは六月半ばになると爆撃とディッケ・ベルタ（巨大榴弾砲）のせいでパリを離れました。

ガラール一家はルルドに発ちました。毎年彼らは長い巡礼に参加していました。息子は担架係になり、年上の娘たちはお母さんと一緒に巡礼者宿泊所の厨房で皿洗いをしていました。わたしは、アンドレがそういった大人の仕事を託されるのは素晴らしいと思い、それで彼女を一層尊敬するようになりました。でもわたしは、父さんと母さんが勇敢に自分たちの考えを変えないのが自慢でもありました。パリに残ることで、わたしたちは、民間人たちが「銃後を守っている」とわたしたちの勇敢な兵隊さんたちに示していたのです。わたしは、十二歳のさえない子と二人きりで教室に残り、自分が重要な人間になったような気がしました。ある朝、学校に着くと、先生と生徒は地下室に避難していました。長い間、家でその話をしては笑っていたものです。空襲警報が鳴ってもわたしたちは地下室には降りていきませんでした。上階の店子（たなこ）の人たちがわたしたちの家に避難してきて、玄関の広間の長椅子で寝ていました。こういった喧騒をわたしは気に入っていました。

七月末になると、わたしは母さんと妹たちとサデルナックに出かけました。一八七一年のパリ包囲を覚えていたおじいさんは、パリではわたしたちはネズミを食べているのかと想像していたそうです。二カ月の間、わたしたちは鶏肉とクラフティーを好きなだけ食べました。そして幸せな日々を過ごしました。広間にはページの傷んだ古い本がたくさん並んだ本棚がありました。読んではいけない本は書架の上段に並んでいて、わたしたちは、下段にある本は自由に手にとっていいことになっていました。わたしは、本を読んだり、妹たちと遊んだり、散策したりしました。この夏、わたしはよく散歩をしました。栗林を歩き、シダの葉っぱを指にひっかけて傷を作ったり、林の小道に沿って、スイカズラやマユミを摘み取りました。桑の実やイワナシの実、セイヨウサンシュユ、メギの酸っぱい果実などをつまみ、花咲くクロムギのうねるような匂いを嗅ぎ、地面に体をつけて、ヒースの香りをすぐ傍に感じようとしました。それから、広い野原で、銀色の葉のポプラの木々の根元に腰を下ろし、フェニモア・クーパーの小説を開きました。風が吹くと、ポプラの葉がそよぎました。風はわたしの心を躍らせました。大地のあちこちで、木々がお互いに話し、神様に話しかけているようでもありました。それは音楽、わたしの心を通り過ぎ、空へと昇る祈りだったのです。

わたしを喜ばせる事柄は数限りなくありましたが、それについて話すのは難しかったので、わたしはアンドレにはごく短い絵葉書を書くだけで、彼女の方もほとんど手紙を送ってきませんでした。彼女はランド地方にある母方のおばあさんの家で乗馬をし、大いに楽しんでいて、パリには十月の半ばにならないと戻らないとのことでした。わたしは、彼女のことをそれほど頻繁には考えませんでした。ヴァカンスの間、パリの生活のことを思うことはほとんどありませんでした。

わたしはポプラの木々に別れを告げる時、少し泣きました。成長して、センチメンタルになっていたのです。でも帰りの列車の中で、新学期がどれだけ楽しいかを思い出しました。父さんはホライゾンブルーの軍服で駅のホームにわたしたちを迎えに来てくれていて、戦争はもうじき終わるだろうと言いました。教科書はこれまでの年よりもっと真新しいように感じられました。さらに厚く、さらに美しく、指で触るとぱりぱりと音を立て、いい匂いがしました。リュクサンブール公園では、枯葉と焼かれた草の匂いにわたしは心動かされました。女性教師たちは愛情表現たっぷりにわたしを抱きしめ、わたしが夏にした宿題は大いに褒めてもいい出来だと言いました。それなのに、なぜわたしは自分がみじめであるように感じたのでしょう。夜、夕食の後、わたしは玄関の広間に座り、本を読み、ノートに物語を書きました。妹たちは眠っていて、廊下の奥では、父さんが母さんに何かを読んで聞かせているのが聞こえました。一日で最も素敵な時間でした。わたしは赤いカーペットに横になり、何もせず、ぼうっとしていました。そして、ノルマンディー製の家具や、二つの松ぼっくり型ぜんまいと時の暗闇を内部に湛え、彫刻の施された木製の柱時計を眺めていました。壁には暖房の送風口が開いていて、金色の格子を通し、胸をむかつかせる生暖かい風が下から上がってきていました。わたしを取り囲むそういった薄暗がりや物言わぬオブジェに、わたしは突然恐怖を抱きました。父さんの声が聞こえました。わたしはその本の題を知っていました。ゴビノー伯爵の『諸人種の不平等についての試論』です。去年は、テーヌの『現代フランスの起源』でした。来年は新しい本を読み始めることでしょう。そしてわたしは相変わらず、この柱時計と家具に囲まれてここにいることでしょう。後何年の間？　後幾晩？　生きるということは、日々をやり過ごしていくことでしかないのでしょうか。そうやって、死ぬまで退屈するしかないのでしょうか。わたしは、サデルナックが懐かしくなりました。眠りにつく前、ポプラの木を思いわたしはまた幾許かの涙を流しました。

その二日後、わたしは突然真実を学びました。聖カトリーヌ教室に入るとアンドレはわたしに微笑みかけました。わたしも彼女に笑いかけ、彼女の手を取りました。

「いつ戻ってきたの？」

「昨日の晩」

アンドレは少しばかりいたずらっぽい目でわたしを見ました。

「あなたはもちろん新学期初日にはいたんでしょう」

「そうよ。良いヴァカンスだった？」

「とても。あなたは？」

「とても楽しかったわ」

わたしたちは大人のように月並みな挨拶をしました。でも突然、自分の心が空っぽだったのは、毎日が変わらず退屈に思えたのは、唯一の原因、つまりアンドレの不在によるものだったとわかったのです。彼女なしに生きることは、生きていないにも等しかったのです。ヴィルヌーヴ先生が教卓につき、わたしはこう独りごちました。「アンドレなしにはもう生きられない」わたしの喜びは不安に取って代わりました。だって、もしも彼女が死んだらどうなるのでしょうか？　席についていると、校長先生が入ってきて、深刻な声でこう言うのです。〝皆さん、祈りましょう。皆さんのお友だち、アンドレ・ガラールは昨晩神に召されました〟そうなったら、簡単なこと、わたしも椅子から滑りおちて、床に体を打ち付けて死ぬでしょう。その考えは怖いとは思いませんでした。だってそうすればすぐに天国の門で再会できるでしょうから。

十一月十一日、休戦協定が結ばれ、人々は通りで抱き合いました。四年の間、わたしは、この大事な日が来るように祈ってきました。そして、驚くような変化を待ち望んでいました。心の中で曖昧ながらさまざまに期待していたことを思い出しました。父さんは軍服から民間人の衣服に戻りましたが、それ以外のことは何も起こりませんでした。父さんは、ボルシェヴィキたちが掠奪（りゃくだつ）したという財産について話しました。これらの遠くの地にいる男性たち、名前の響きが剣呑にも「ボッシュ（ドイツ兵士、あるいはドイツ人を指す侮蔑語）」に似ている人々は、恐ろしい能力を持っているようでした。そしてフォッシュ（フェルディナン・フォッシュ、フランスの陸軍軍人）は巧みに操られてしまったのです。ベルリンまで行くべきだったのに。父さんは将来に対してたいそう悲観していたので、自分のオフィスを再び開けようとはしませんでした。保険会社の事務所の一角を借り、生活水準を下げる必要があるとわたしたちに宣言しました。母さんは、エリザを実家に返しました――夜、消防士たちと出歩いたり、素行が悪かったのです――そして、母さんが自分で家事全般をこなしました。夜になると母さんはむっつりして機嫌が悪く、父さんも同様でした。妹たちはしょっちゅう泣いていました。でもわたしにはそんなことは関係ありませんでした。アンドレがいたからです。

アンドレは大きくなり、丈夫になりました。彼女が死ぬのではないかと考えるのはやめました。でも、別の危機が迫っていました。学校では、わたしたちの友情はよく思われていなかったのです。アンドレは成績が良く、わたしが学級で一番だとしたら、それはただ、彼女が一番になることに興味がなかったからに過ぎないのです。わたしは、彼女の屈託のなさを羨ましく思っていましたが、彼女のようになることはできませんでした。それにもかかわらず、アンドレは、先生たちの覚えはめでたくありませんでした。先生たちは、アンドレが良識に反し、皮肉屋で、高慢ちきだとみなし、性格が悪いと非難していました。アンドレは先生たちと上手に距離を取っていたので、彼女の横柄な言動を現行犯で指摘することができず、それがおそらく先生たちを最も苛立たせていたのです。先生たちは、ピアノの試験の時にその機会を捉えました。講堂は人でいっぱいでした。一列目には、とびきりのおめかしをして、髪の毛をカールにしたりパーマをあてたりリボンを結んだ生徒たちがいました。その後ろには先生と生徒監督が、絹のブラウスに白い手袋という出で立ちで並び、一番奥には生徒の親と招待客がいました。アンドレは、青いタフタのワンピースというおめかし姿で、弾いたのは、彼女のお母さんが、彼女には難しすぎると思った曲でした。いつも何小節かでたらめに弾くからです。曲が特に難しいところに差し掛かると、わたしは、彼女に注がれた多かれ少なかれ悪意のある視線を感じ、他人事ではなく動揺していました。でも彼女は一つのミスもなく演奏し、勝ち誇った目でお母さんを見ると、舌をペロリと出したのです。そこにいた生徒たちは皆カールした髪の奥で震えました。父兄はこれはただ事ではないと咳をし、先生たちは視線を交わし、校長先生は顔を真っ赤にしました。アンドレは、壇上から降りるとお母さんのもとに駆け寄り、お母さんは満面の笑みで彼女を抱きしめたので、ヴァンドルー校長先生は怒ることができませんでした。でもその日から程なくして、先生は母さんに、アンドレがわたしに良くない影響を与えていると警告したのです。わたしたちは授業中におしゃべりし、人をからかったり、集中力に欠けたりすると。そして、授業中わたしたちを離しておくといったので、わたしは一週間不安に苛まれて過ごしました。ガラール夫人は、わたしが勉学に励んでいるのを好ましく思っていたので、やすやすと母さんを説得し、わたしたちを今まで通りに放っておいてくれることになり、そして母さんには三人の娘、ガラール夫人には六人の娘がいて、顔も広く、学校にとってはいわば上客だったので、わたしたちはこれまでのように隣同士に座っていられることになりました。

　もしも、わたしたちがもう会ってはいけないと言われたら、アンドレは寂しがったでしょうか。わたしほどではなかったことは確かです。皆はわたしたちのことを「離れがたき二人」と呼び、アンドレは他の同級生の誰よりわたしを気に入っていました。でも、アンドレが自分のお母さんに抱いている敬慕（けいぼ）の念の前では他のどんな感情もかなわないと思われました。彼女にとって、家族は何よりも大事でした。幼い双子の姉妹をかまって飽きることがなく、お風呂に入れたり、シルエットのまだ曖昧な体に服を着せてやったりしていました。妹たちの喃語（なんご）やはっきりしない仕草に意味を見出し、心から可愛がっていました。それから、彼女の人生の中では、音楽が大きな位置を占めていました。ピアノの前に座るとき、肩のくぼみにバイオリンを置くとき、指の下で生まれる歌を集中して聞き取るとき、アンドレは彼女自身に話しかけているように見えました。彼女の心の中でひそかに続けられているその長い対話に比べると、わたしたちの会話などはどうにも子供じみて見えてしまうのでした。時折、ピアノをとても上手に弾くガラール夫人が、アンドレがバイオリンで奏でる曲の伴奏をするとき、わたしはまるっきり蚊帳の外に置かれたように感じました。そう、アンドレにとっては、この友情はわたしとは同じ重みを持たなかったのです。でもわたしはそれを気に病むにはあまりに彼女に入れあげてしまっていたのです。

父さんと母さんは、翌年、モンパルナス大通りのアパルトマンを離れ、カセット通りの小さな建物に引っ越しました。そこではわたしはごく小さな空間しか与えられませんでした。アンドレは、好きなだけ自分の家に勉強しに来ていいと誘ってくれました。彼女の部屋に入るたび、わたしは感動して、十字を切りたい気持ちになりました。ベッドの上には柘植（つげ）の枝と十字架が飾られ、部屋の反対側には聖アンナ・ダ・ヴィンチ像がありました。暖炉の上にはガラール夫人のポートレートとベタリー城の写真が置かれ、アンドレの本棚には『ドン・キホーテ』『ガリバー旅行記』『ウジェニー・グランデ』があり、『トリスタンとイゾルデ』の幾つかの部分を彼女は暗唱できました。彼女は通常、現実的な本、または風刺文学がお気に入りだったので、この恋愛叙事詩を彼女が好むことにはとまどいを覚えました。わたしは、アンドレを取り囲むインテリアやオブジェを不安げに眺めました。そして、彼女がバイオリンの弦に弓を走らせている時、心の中でどんな会話をしているのか知りたいと思いました。なぜ、これほど愛情に溢れ、活動的で、才能に恵まれているのに、頻繁に遠くを見るような眼差しで、メランコリックに見えるのか知りたいと思ったのです。彼女はとても信仰深く、わたしが礼拝堂にお祈りに行くと、彼女が祭壇の足元に跪（ひざまず）いているのに出くわすことがありました。頭を手で抱え、または十字架の道行きを表した像の前で腕を広げていました。後に修道院に入ろうと思っていたのでしょうか。同時に彼女は、自分の自由、そして現世の喜びを重要視していました。ヴァカンスの話をする時彼女の目は輝きました。松林を何時間でも馬を走らせ、低い枝が顔をつついても構わず、沼で泳ぎ、アドゥールの流れの速い川でも水泳をしました。彼女が、視線を宙に浮かせ、ノートの前で動かずにいる時、彼女はその楽園を夢見ていたのでしょうか。ある日、アンドレは、わたしが彼女をじっと見ているのに気づき、困ったように笑いました。

「わたしが時間を無駄にしていると思う？」

「そんな！　全くそんなふうには思っていないわ」

アンドレは、どこか冷ややかな笑みと共にわたしをじっと見つめました。

「何かを夢見ることってない？」

「ないわ」わたしは謙虚に答えました。

夢見るって何を？　わたしはアンドレが何よりも好きで、彼女はこうしてわたしの近くにいるというのに。

わたしは夢見ることはありませんでした。授業の内容はいつも熟知し、何にでも興味を持っていました。アンドレはわたしを少し馬鹿にしていたと思います。彼女は誰のことも多かれ少なかれ馬鹿にしていて、わたしの方は、彼女のからかいをごく機嫌よく受け止めていました。でも、一度、ひどく傷ついたことがあります。その年は例外的に、復活祭のヴァカンスをサデルナックで過ごしました。わたしはそこで春というものを初めて発見し、とても心打たれました。庭のテーブルに座り、白紙を前にして、二時間の間、アンドレに宛てて、キズイセンやサクラソウの花が所々咲く新芽の絨毯や、藤の花の匂い、空の青さや、そのことに自分の魂がどれだけ動かされたかについて手紙を書きました。彼女からの返事はありませんでした。休暇の後、学校の更衣室でアンドレに再会すると、わたしは非難がましく彼女に尋ねました。

「なぜわたしに手紙を書いてくれなかったの。わたしからの手紙着かなかったかしら」

「届いたわよ」

「じゃあ、あなたが怠け者ってわけね」とわたしが言うと、アンドレは笑い始めました。

「休暇中の宿題を間違えてわたしに送ったのかと思ったんだもの……」

わたしは顔がかっと火照るのを感じました。

「宿題って?」

「だって、あんな作文をわたしだけのために書いたわけじゃないでしょう。『春について描写しなさい』という題の宿題の下書きだってわかっているわよ」

「違うの。できの悪い作文だったかもしれないけど、あなただけのためにあの手紙を書いたのよ」

ブラール家のおしゃべりな下級生たちが、気になったのか寄ってきたので、会話はそこで途切れました。でもわたしは授業中、ラテン語の練習で間違ってばかりいました。アンドレがわたしの手紙を馬鹿げていると感じたのは悲しいことでしたが、わたしがどれだけ何もかも彼女と共有したいと思っているか、彼女には思いもつかなかった、悲しかったのは何よりそのことでした。彼女は全く気がついていませんでしたが、わたしは、自分が彼女にどんな感情を抱いているか意識したばかりだったのです。

わたしたちは一緒に学校を出ました。母さんはもう迎えに来なかったので、わたしは大抵アンドレと一緒に帰宅しました。急に、彼女はわたしの腕を取りました。それは思いもかけぬ仕草でした。わたしたちはいつもある程度の距離を取っていたからです。

「シルヴィー、さっきはあんなことを言って悪かったと思うわ。本当に意地悪だった。あなたの手紙は学校の宿題じゃないってよくわかっていたのだもの」

とアンドレは一気に言いました。

「あの手紙、馬鹿げていたでしょう」

「全然！　本当のことを言うと、あの手紙をもらった日、わたしはとても機嫌が悪かったの。そして手紙の中であなたはとても嬉しそうに見えたものだから」

「どうして機嫌が悪かったの？」

アンドレは一瞬黙ると、少しためらいました。

「別に。理由はないの。何もかもが気に入らなくて」

そして急にこう言いました。

「わたし、子供でいるのには飽き飽きしているの。なんでいつまでも終わらないんだろうってあなたは思わない？」

　わたしは驚いて彼女を眺めました。アンドレはわたしよりずっと自由でした。それに、家はそれほど楽しくないとはいえ、大きくなりたくはありませんでした。もう十三歳だと考えると恐ろしくなりました。

「思わないわ。大人の生活は単調そうに見えるもの。毎日同じことばかり、もう何も学ばないし……」

「ああ！　人生には勉強以外にも大事なことがあるでしょう」アンドレは勢い込んで言いました。

　わたしはそれにこんな風に反論したかったのです。〝そうね、勉強だけが大事じゃない、あなたがいるもの〟でもわたしたちは話題を変え、わたしは悲しくなってこう思いました。本の中では、人々は愛や憎しみを告白し、心に起こることをなんでも語っている。どうして現実ではそれが可能ではないのかしら。わたしは、アンドレに一時間でも会い、彼女の苦しみを取り除くためなら、三日三晩飲み食いせずに歩いてもいいと思っているのに、彼女はそのことを何も知らないままだなんて！

　何日もの間、わたしはそのことを考えては悲しくなりました。それから急に、いい考えを思いつきました。アンドレの誕生日に何かプレゼントを贈ろう。

　親というものは予測がつかない反応をするものです。通常、母さんはわたしのアイディアは馬鹿げていると考えるのですが、このプレゼントの案は受け入れられました。わたしは、《実践的ファッション》に載っていた型紙に従って、ハンドバッグを作ることにしました。贅沢極まりないものです。わたしは、金糸の浮き模様が入っている赤と青の、厚手で手触りの良い絹の生地を選びました。物語に出てくるように美しい布です。それを自分自身で作った鉄の枠に張りました。わたしは裁縫は好きではないのですが、熱心に作ったので、出来てみると、さくらんぼ色のサテンの裏地と蛇腹のついたこのバッグは本当に見栄えがしました。わたしはこれを薄葉紙に包み、厚紙の箱に入れ丁寧に包みました。アンドレが十三歳になった日、誕生日のおやつにわたしは招かれ、母さんも一緒に付いてきました。すでに多くの人がいたので、わたしは箱をアンドレに手渡すのについ気後れしてしまいました。

「これ、誕生日に」とわたしが言うと、彼女は驚いたようにわたしを見つめたので、わたしはこう付け加えました。

「自分で作ったの」

彼女は箱を開け、きらめくハンドバッグを取り出し、彼女の頰には赤みが差しました。

「シルヴィー！　素晴らしいわ！　何て親切なのかしら」

もし親がいなかったら、彼女はわたしを抱きしめてくれたと思います。

「ルパージュ夫人にもお礼を申し上げなさい。おそらくこれをこしらえてくださったのはお母様なのだから」とガラール夫人が愛想の良い声で言いました。

「マダム、ありがとうございます」とアンドレは手短に言い、再び、感動したようにわたしに微笑みかけました。母さんが、いいえ、娘が作ったんですよとやんわり言っている間、わたしは、みぞおちに小さな衝撃を受けていました。ガラール夫人はもうわたしのことが好きではないのだとわかってしまったのです。

＊＊＊

今考えてみると、この女性には鋭い洞察力があったと思います。実際のところ、わたしは変わりつつありました。わたしは、先生たちは愚かだと思うようになり、彼女たちを困らせるような質問をしては楽しんだりして、生意気にも彼女たちの指摘に不遜な受け答えをしていました。母さんは少しはわたしを叱りましたが、父さんは、わたしがこの女性教師たちとの遣り取りの様子を話して聞かせると笑いました。それでわたしは罪悪感を覚えずにすみました。もう一方で、わたしは、自分のこのような非礼で神様が気を悪くなさるとは一瞬たりとも想像しませんでした。告解の時、わたしは子供じみた事柄で心を煩わせはしませんでした。わたしは週に何度か聖体拝領を行い、ドミニーク神父は、神秘的な瞑想の道に導いてくれました。わたしの世俗での生活はこの聖なる道とは何の関係もなかったのです。非があると考えていたのは、自分の精神状態でした。わたしは、熱情を失い、神の存在をあまりにも長い間考えるのを忘れ、祈りには集中力が欠け、うぬぼれに陥っていました。わたしがその意欲喪失について一通り話した時、覗き窓を通してドミニーク神父の声が聞こえました。

「本当にそれだけですか」

わたしはあっけにとられました。

「わたしたちの小さなシルヴィーは前のようでなくなってしまったと聞いていますよ」と声は言いました。「散漫で、反抗的で、傲慢になってしまったと」

わたしの頬は燃えるように熱くなりました。わたしは一言も口に出すことができませんでした。

「今日以降、そのことに気をつけなければなりませんよ。また一緒にお話ししましょう」と声は告げました。

ドミニーク神父はそれからわたしに赦免(しゃめん)を与え、わたしは告解室から出ましたが、顔に火がついたように感じていました。そして、改悛をせず、逃げ出すように礼拝堂を去りました。わたしは、いつだったか地下鉄で、外套の前を半分はだけた男の人に何か桃色のものを見せられた時よりももっとずっと動揺していました。

八年間、わたしは、神の前に跪くのと同様にドミニーク神父の前に跪いていました。とところが、女性教師とおしゃべりをしてたわいもない話を真に受けるような陰口好きな年寄りの男でしかなかったとは。わたしは、彼に心の内を見せたことを恥ずかしく思いました。彼はわたしを裏切ったのです。その後、廊下で彼の聖職者の黒い服を見かけると、わたしは顔を真っ赤にして逃げ出したものでした。

その年の終わりから次の年にかけて、わたしはサン＝シュルピス聖堂の叙任司祭たちに告解をしました。そして告解する相手をしばしば変えました。わたしは祈りと瞑想を続けましたが、ヴァカンスの間、悟りが訪れました。わたしは相変わらずサデルナックが好きで、以前からのようにしばしば散歩をしました。でも今は、生垣に生えた桑の実やノワゼットには飽き、トウダイグサの乳液の味見をし、サロモンの封蠟(ふうろう)という謎めいた美しい名前を持っているその毒のある鉛丹(えんたん)色の果物を嚙んでみたいと思っていました。わたしは、禁じられていることを山ほど行いました。食間にリンゴを食べたり、本棚の上段からこっそりとアレクサンドル・デュマの小説を手に取ったりしました。誕生の秘密について、小作人の娘とタメになる会話をし、夜になると、ベッドで、自分におかしな物語を語って聞かせ、それでおかしな精神状態になりました。ある晩、湿った草原に横たわり、月を見上げ、わたしはこう言いました。「こういうことは皆罪なのよね」それでもわたしは、食べ、読み、語り、自分の喜びに従って夢を見続けようと固く決心していました。「わたしは神様は信じないわ！」とわたしは独りごちました。だって神を信じつつ、あえてその命に従わないことを選ぶなんてできるでしょうか。わたしは一時、この明白な事実に我ながら呆然としていました。わたしは信じていなかったのです。

父さんも、わたしが尊敬する作家も、神を信じていませんでした。そしておそらく、世界は、神なしでは説明できないのかもしれませんが、だからと言って神が大したことを解明してくれるわけでもないし、どちらにしても世界のことは何もわかりはしないのです。わたしはこの新しい精神状態をやすやすと受け入れました。とはいえ、パリに戻ると、わたしはパニックに襲われました。人は、自分の考えていることを考えずにいることは不可能です。でも、父さんはいつか、敗北主義者は銃殺してしまえばいいと言いました。また、その一年前、上級生が一人放校処分を受けましたが、それは、彼女が信仰を放棄したからだと皆は陰で囁いていました。わたしは、信仰を失ったことによる失寵（しっちょう）を巧妙に隠さなければなりませんでした。そして夜になると、アンドレに気づかれたかもしれないと思い、冷や汗をかいて飛び起きるのでした。

幸いにも、わたしたちは、性についても宗教についても決して話題にはしませんでした。他にもっとするべき話題があったのです。ちょうど学校ではフランス革命を勉強していました。わたしたちは、カミーユ・デムラン、ロラン夫人、ダントンにさえも夢中になりました。そして、正義、公平、個人財産の所有について飽きることなく語り合いました。この点については、女性教師たちの意見は全く参考になりませんでした。そしてわたしたちの親の考えは止まっていて、わたしたちを満足させてくれはしませんでした。父さんは《アクション・フランセーズ》（王党派組織の機関紙）を好んで購読し、ガラール氏はより民主主義者で、若い頃にはマルク・サニエ（一八七三－一九五〇、フランスの政治家、ジャーナリスト。カトリックとしての立場から社会運動を行った）に関心を抱いていたとのことでした。でもアンドレのお父さんはもう若くはなく、彼女には、社会主義は、どんなものであれ、生活水準の低下と、精神的な価値の放棄を否応なしに引き起こすと説明していました。その話には納得できませんでしたが、ガラール氏の論点にはわたしたちを危惧させる部分があったので、わたしたちは、もっと多くのことを知っているに違いない、年上の、マルーの女友だちと話し合おうと試みました。でも彼女たちはガラール氏と同じように考えていて、そういった問題にはほとんど関心を抱いていませんでした。彼女たちはどちらかといえば、音楽や絵画、文学について、しかも上っ面だけの話を好んでしていました。マルーは、彼女に来客があった時には、お茶をお出ししてちょうだいとしばしばわたしたちに頼みましたが、それは、わたしたちが、彼女を訪れる客を高く評価していないのを感じていて、アンドレに対し優位に立とうと反撃を試みていたからでした。ある日の午後、自分のピアノ教師――既婚で子供が三人いるのでしたが――を理想化し恋している、イザベル・バリエールという女の子が、恋愛小説について話を始めました。マルー、いとこのギート、ゴスラン姉妹がそれぞれ自分たちの好みの本を挙げました。

「それでアンドレ、あなたは？」とイザベルが尋ねました。

「恋愛小説には退屈するわ」とアンドレはきっぱりと答えました。

「また、そんなこと言って！　あなたが『トリスタンとイゾルデ』を空で朗誦できるって誰でも知っているのに」とマルーは言い、自分は好きではないのだけどと付け加えました。イザベルはこの物語が好きで、このプラトニックな愛の叙事詩はとても感動的だと思う、と夢見るように宣言しました。アンドレは笑い転げました。

「トリスタンとイゾルデの愛がプラトニックですって！　ねえ、プラトニックなところなんてどこにもないじゃないの」

気まずい沈黙が支配し、ギートがこう言い切りました。

「小さい女の子は自分がわからないことを話してはいけないものなのよ」

アンドレは再び笑いましたが、何も応答はしませんでした。わたしは困ってしまって彼女をじっと見つめました。彼女は実際のところ何を言いたかったのかしら。わたしには、ただひとつの愛情しかありませんでした。それは、自分がアンドレに抱いている愛でした。「イザベルもかわいそうにねえ」と、アンドレは、部屋に戻るとこう言いました。「トリスタンのことは忘れなければならないでしょうね。禿の男性とほとんど婚約しているようなものなんだから。ひどい話」

彼女は皮肉に笑いました。

「彼女が秘蹟としての一目惚れを信じているといいのだけれど」

「それ、なんのこと？」

「ルイーズ叔母さん、つまりギートの母親は、婚約者たちが、秘蹟としての結婚の誓いをする時に、お互いに一目で恋に落ちるって言うの。わかるでしょう、そういう理論は、母親にとっては都合がいいのよ。だってこれで、自分たちの娘の感情問題の面倒をみる必要がないじゃない。神様が愛を与えてくださるっていうんだから」

「誰もそんなことを本気にはしないでしょう」

「ギートは信じてる」

アンドレはひとしきり黙ってから、こう続けました。

「もちろん、ママンはそこまでは言わないけれど、結婚したら、神様のご加護があるって言っている」

アンドレは、母親のポートレートを一瞥して、確信なさそうにこう言いました。

「ママンはパパととても幸せに暮らしているけれど、もしおばあさんが無理にその話を勧めなかったら、パパとは結婚しなかったと思う。ママンは二度断ったんだから」

わたしはガラール夫人の写真を眺めました。彼女にも若い娘の心を持った時代があると考えると不思議な気がしました。

「断ったの！」

「そう。パパは厳しすぎるように見えたんですって。でもパパはママンのことが好きだったから、諦めなかったの。それで、婚約時代に、ママンもパパを好きになった」とアンドレは言いましたが、自分の言っていることに自信はなさそうでした。

わたしたちはしばらくの間何も言わずそのことについて考えてみました。そしてわたしはこう言いました。

「好きでもない人と朝から晩まで顔を突き合わせなければならないのは楽しいことじゃないでしょうね」

「ひどいことに違いないわ」

アンドレは、まるで、蘭の花を見たときのように震えました。両腕には鳥肌が立っていました。そしてこう言いました。

「宗教の時間に、わたしたちは自分の体を大事にしなければなりませんって教わるでしょう。だとしたら、結婚によって体を売るのは、外で春を売るのと同じくらい良くないことに違いない」

「別に結婚する義務はないでしょう」

「わたしは結婚するわ」とアンドレは言いました。「でも二十二歳までは嫌」

彼女は机の上にラテン語の教科書を乱暴に置き、こう言いました。「勉強しましょうか」

わたしは彼女のそばに座り、トラシメヌス湖畔の戦いの翻訳に専心しました。

わたしたちは、マルーの女友だちにお茶を出すのはやめにしました。興味のある問題に答えを見つけられるのは自分たちだけだとはっきりとわかったからです。この年ほど二人で議論しあったときはありませんでした。わたしは自分の秘密こそ打ち明けはしなかったものの、それはわたしたちが最も親密だった時期でした。わたしたちは、オデオン座に二人で古典演劇を見に行く許可を得ました。ロマン主義の文学も一緒に発見しました。わたしはユーゴーに夢中で、アンドレはミュッセの方が好きでしたが、二人ともヴィニーを賞賛してやみませんでした。わたしたちは将来の計画を立て始めました。わたしは、バカロレアの後、勉学を続けてもいいことになっていました。アンドレもまた、ソルボンヌ大学で授業を受けてもいいと許可が得られることを望んでいました。学期末に、わたしは、子供時代の夢を叶えられました。ガラール夫人が予期せずわたしにベタリーで二週間過ごすのはいかが、と誘ってくれ、母さんもそれに同意したのです。

アンドレが駅に迎えに来てくれるだろうと期待していましたが、列車を降りると、驚いたことにわたしが見たのは　ガラール夫人の姿でした。彼女は白と黒のドレスを身にまとい、ヒナギクの飾りのついた黒くつばの広い麦わら帽をかぶっていました。首の周りには白いファイユ（横畝のある絹織物）のリボンを結んでいました。夫人は唇をわたしの額に近づけましたが、完全に触れることはせず、こう言いました。

「道中無事だった、シルヴィー?」

「はい。煤だらけになるんじゃないかと少し心配でしたけど」

ガラール夫人の前では、わたしはいつもどこか臆してしまうのでした。わたしの手は汚かったし、顔もおそらく同じでした。でも夫人はそれを気にしている風はなさそうで、どこか心ここに在らずという風情でした。彼女は、駅員に機械的な微笑みを浮かべ、鹿毛の馬が一頭繋がれた英国風の馬車の方に向かいました。それから杭の周りに巻きつけた手綱を外すと、勢いよく馬車に乗り込みました。

「さあ、乗って」

わたしは彼女の隣に座りました。夫人は、手袋をした手に持っていた手綱を浮かせました。そして、わたしの方は見ず、こう言いました。

「あなたがアンドレに会う前にお話ししておきたいことがあるんですよ」

わたしは体をこわばらせました。何に気をつけなければならないのでしょうか。わたしが神を信じていないと気がつかれてしまったのでしょうか。でも、だとしたら、どうしてわたしを招待したのでしょう。

「アンドレに困ったことがあって。助けていただきたいの」

わたしはばかみたいに繰り返しました。

「アンドレに困ったことがあって?」

突然、ガラール夫人から大人に対するように話しかけられ、わたしは困惑してしまいました。そこには何か含みがあるように思われたからです。夫人は手綱を引いて舌を鳴らし、馬はゆっくり走り出しました。

「アンドレに、恋人のベルナールの話を聞いたことがおありになります？」

「いいえ」

馬車はニセアカシアの木立の間、埃だらけの道を行きました。ガラール夫人はしばらくの間黙っていましたが、やっと口を開きました。

「ベルナールのお父さんは、わたしの母の敷地に隣接した地所を持っていてね。バスク人のご先祖がアルゼンチンに渡ってひと財産なしたものだから、そこでご夫人と子供さんと大方の間暮らしているんです。でもベルナールは虚弱で、アルゼンチンの気候に耐えられなかったものだから、子供時代をずっとここで彼の年老いた叔母さんと家庭教師たちと過ごしたの」

そしてガラール夫人はこちらに顔を向けました。

「知ってのように、アンドレは事故の後、ベタリーで一年寝たきりで過ごしたんです。ベルナールは毎日遊びに来ました。あの子はひとりっきりで、辛い思いをし、退屈もしていたし、それに、あの年頃なら心配もなかったし」と夫人は言い訳をするように話し、わたしは反応に戸惑いました。

「アンドレは話してくれたことはありません」

わたしの喉は詰まりました。馬車から飛び降り、逃げてしまいたかった。いつだったかドミニーク神父と告解室から遠くに逃げたように。

「二人とも夏が来るたびに再会し、一緒に乗馬をしたりしていたんです。まだ子供でしかなかったから。ただ、もう二人とも大きくなったものですから」

そうして夫人はわたしと目を合わせようとしました。その眼差しには、どこか嘆願する様子がありました。

「おわかりでしょう、シルヴィー、ベルナールとアンドレが結婚することは問題外なんです。ベルナールのお父様も同じくらいその考えには反対していらっしゃる。それで、わたしは、あの子がベルナールに会うことを禁じなければならなかったんです」

わたしは口ごもりながらもやっとこう答えました。

「わかります」

「あの子はそれをひどく悪くとってね」

そう言うと、夫人は、警戒するような、同時に哀願するような眼差しを再びわたしに向けました。

「あなたを頼りにしているんですよ」

「どうしたらいいんですか」

わたしはついそう言いましたが、その言葉には何の意味もありませんでした。耳に入ってくる言葉もわたしには理解できませんでした。頭が真っ暗でガンガン鳴っていたのです。「あの子の気を紛らわせて、何か興味を持ちそうなことを話してやってください。それから、機会があったら、説得して欲しいんです。あの子が病気になったらと思うと心配で。わたしは今のところ何もアンドレに言うことはできないから」とガラール夫人は付け加えました。

夫人は見るからに心配し、不幸そうでしたが、わたしは哀れには思いませんでした。その反対に、この瞬間、わたしは夫人を嫌悪していました。そこでこう小声で答えました。

「やってみます」

馬はアメリカブナの立ち並ぶ大通りをトロットで進み、蔦の絡まる大きな屋敷の前で止まりました。この屋敷の写真がアンドレの家の暖炉の上に飾ってあるのを見たことがあります。どうして彼女がベタリーと乗馬を好んでいたのかこれではっきりしました。そして彼女の視線が曇っていた時に、何を考えていたのかも。

「ようこそ！」

アンドレは玄関口のステップを微笑みながら降りてきました。白いドレスに緑のネックレス、短髪はヘルメットのように輝いていました。彼女は真に若い娘のように見え、わたしは突然、彼女はなんて可愛らしいのだろうと思いました。わたしたちは外見の美しさはほとんど重要視していなかったので、これはとっぴな考えでした。

「シルヴィーは多分旅行の後で手を洗ったりしたいのではないかしら。ゆっくりなさって、それから夕食に降りていらっしゃい」とガラール夫人は言いました。

わたしはアンドレの後をついて玄関ホールを通り過ぎました。そこは、クレームキャラメルと、塗りたてのワックスと、古い屋根裏部屋の匂いがしました。キジバトがぽうぽう鳴いていました。誰かがピアノを弾いていました。階段を上ると、アンドレは一つの扉を開けました。

「ママンが、わたしの部屋をお使いくださいって」

そこには、螺旋形の円柱のついた天蓋付きのベッドと、部屋の奥には小さなソファーがありました。一時間前だったら、アンドレと一緒の部屋で過ごせるなんてと喜びに小躍りしたことでしょう。でも、部屋に入ってもわたしの心は晴れませんでした。ガラール夫人はわたしを利用したのです。自分の娘に許してもらうために？　アンドレの気を紛らわせるために？　見張るために？　夫人は何を恐れていたのでしょう。

アンドレは窓に近づきました。

「天気がいいと、ピレネー山脈が見えるのよ」彼女はそう言いましたが、さして興味はなさそうでした。

日は暮れ、天気も良くありませんでした。わたしは顔を洗い、自分の旅行の様子を話して聞かせましたが、話す価値のあることかは自信がありませんでした。ひとりで列車に乗ったのは初めてで、大冒険だったのですが、言うべきことがもう何も見当たらなかったのです。

「あなたも髪の毛を切ればいいのに」とアンドレは言いました。

「母さんが嫌がるから」

母さんは、短髪は不良少女に見えるというので、わたしは髪をうなじのところで無難なシニョンにして留めていました。

「降りましょう、書斎を見せてあげる」

ピアノの音は聞こえ続け、子供たちが歌っていました。家の中は騒音で満ちていました。お皿を洗うカチャカチャいう音、足音。わたしは書斎に入りました。《両世界評論》誌（一八二九年創刊のフランスの月刊誌）が第一号から全号揃っていて、その他にもルイ・ヴィヨ（一八一三－一八八三、ジャーナリスト）、モンタランベール（一八一〇－一八七〇、政治家、ジャーナリスト）の著作、ラコルデール（一八〇二－一八六一、聖職者、説教家）の説教集、マン伯（アルベール・ド・マン、一八四一－一九一四、政治活動家）の『演説』、ジョゼフ・ド・メーストル（一七五三－一八二一、王党派のカトリック思想家）の著作が全部揃っていました。小型の丸テーブルの上には、長い頰ひげを蓄えた男性たちの写真がありました。アンドレの先祖で、彼らは皆キリスト教の活動家だったのでした。

亡くなっているにもかかわらず、ここは彼らの屋敷のようで、これら厳しい殿方の間でアンドレは場違いに見えました。若すぎ、か細すぎ、それに何より生き生きとしすぎていたのです。

ディナーベルが鳴り、わたしたちは食堂へ向かいました。なんて大勢だったことでしょう。わたしは、おばあさんを除いて皆知っていました。白いヘアバンドに囲まれた顔はいかにもおばあさんという感じで、特に何の印象も残しませんでした。お兄さんはスータン（カトリック教会の聖職者の衣服）を着ていました。神学校に入ったばかりだったのです。彼はマルーとガラール氏と女性の選挙権について議論をしていました。いつもの話題であるようでした。そう、酔いどれの工員より一家の母親の方が権利が少ないとは由々しきことでした。でもガラール氏は、労働者の中でも、女性は男性よりアカであるという理由で反駁しました。つまるところ、もし法律が通れば、教会の敵に益することになるというのです。アンドレは黙っていました。食卓の端では、双子たちがパンを玉にして投げ合っていました。ガラール夫人は微笑んでそのいたずらを放っておきました。その時わたしは初めて、はっきりと、この微笑みには裏があるのだと感じたのでした。わたしはアンドレは自由で羨ましいと思っていましたが、不意に、彼女はわたしよりずっと自由でないように見えたのです。彼女の背景には過去がありました。彼女はこの大家族、大きな屋敷に囲まれています。それは牢獄で、出口はしっかりと見張られているのでした。

「それで、わたしたちのことをどうお感じになった？」とマルーがにべもなく言いました。

「わたしですか？　別に、どうして？」

「わたしたちの様子を端から端まで見回していたから。何か思ったのかと」

「大勢でいらっしゃるなと、それだけです」とわたしは答え、これからは自分の表情に気をつけなければならないと思いました。

食卓を去る時、ガラール夫人がアンドレに言いました。

「シルヴィーに領地を見せておあげなさい」

「はい」

「コートを羽織りなさい、夜は涼しいから」

アンドレは玄関ホールにかかっていたローデン（厚地の毛織物）のケープを取りました。キジバトは眠っていました。わたしたちは裏口から出ると、そこは屋敷付属の建物につながっていました。道具小屋と薪小屋の間で、牧羊犬が吠えながら鎖を引っ張っていました。アンドレは犬小屋に近づきました。

「いらっしゃい、かわいそうなミルザ、散歩に連れて行ってあげよう」

そう言って鎖を外すと、犬は喜んでわたしたちの前を駆け出して行きました。

「獣には魂があると思う？」とアンドレがわたしに聞きました。

「知らないわ」

「もしなかったら不公平すぎるわ。動物は人間と同じくらい不幸なのに、どうしてかわからないんだもの。理由がわからないってなお悪いわ」

わたしは何も答えませんでした。この晩をどれほど待っていたことでしょう。わたしはアンドレの人生の核心にいるのです。それなのに、彼女がこれほど遠くに思われたことはありませんでした。彼女の秘密に名前がついた時から、アンドレは以前と同じではなくなってしまいました。わたしたちは何も言わず、手入れの行き届いていない、アオイやヤグルマギクが生えている並木を歩きました。庭は美しい木々や花々でいっぱいでした。

「ここに座りましょう」アンドレは青い杉の木の下のベンチを指しました。そしてバッグからゴロワーズの箱を取り出しました。

「一本いかが」

「いえ、いいわ。いつから煙草を吸っているの?」

「ママンには禁止されている。でも、反抗って、いったんしだすと……」

アンドレは煙草に火をつけ、煙が顔に直接上がりました。わたしはありったけの勇気をかき集めてこう言いました。

「アンドレ、何があったの。話してちょうだい」

「ママンがあなたに何か言ったんでしょう。あなたをどうしても迎えに行くと言って聞かなかったから」

「あなたの友だちのベルナールについて話してくれたの。あなたはわたしには一度も何も言わなかったから」

「ベルナールのことは話せなかったのよ」そう言うと、アンドレは左手を開いて、痙攣しているかのようにこわばらせました。

「でも今では周知の事実になった」

「もし話したくなければ話さないでおきましょう」とわたしは急いで言いました。

するとアンドレはわたしを見つめました。

「あなたなら別。あなたになら話してもいいわ」

そして、頑張って少し煙を吸いました。

「ママンはあなたになんて言ったの？」

「あなたとベルナールがどうやって友だちになったか、そしてお母様があなたたちが会うことを禁止したということ」

「そう、ママンは禁止した」アンドレはそう言うと煙草を捨ててかかとで踏み消しました。

「着いた日に、わたしは夕食の後ベルナールと長い間散歩して、夜遅く帰ったの。ママンはわたしを待っていて、わたしはすぐに、なんだか様子が変だと気がついた。ママンは山ほど質問をして……」

アンドレは肩をすくめて、苛ついたように言いました。

「わたしたちが抱き合っていたのかって聞いたの。もちろん抱き合っていたわ！　わたしたち愛し合っているのだもの」

わたしは目を伏せました。アンドレが悲しんでいると考えるのはわたしには耐えられないことでした。でも彼女の不幸はわたしには異質なものでした。抱き合わなければならない愛は、わたしには真実味がなかったからです。

「ママンはわたしにひどいことを言った」

そう言うと彼女はケープを引き寄せました。

「でも、どうして？」

「彼の両親はうちよりもずっと裕福だけど、全くわたしたちと同じ家柄ではないの。あそこ、リオでは、彼らはおかしな、放蕩生活を送っている」

彼女は堅苦しい調子でそう言うと、ひそひそと付け加えました。

「それにベルナールのお母さんはユダヤ人だから」

わたしはミルザを眺めました。犬は星の方に耳を立てて、芝生の真ん中でじっとしていました。この犬と同じように、わたしも、自分が考えていることをどのように言葉にしたらいいのかわかりませんでした。

「それで？」

「ママンはベルナールのお父さんに話しに行って、お父さんも全く同意した。わたしは彼の息子にふさわしい相手ではないというの。それでベルナールをヴァカンスにはビアリッツに連れて行くことにした。その後はアルゼンチンに出発することになっている。ベルナールは今ではかなり丈夫だから」

「彼はもう発ったの」

「そう。ママンは彼にお別れをしに行ってはいけないと言ったけれど、わたしは言うことを聞かなかった。想像できないと思うけれど。好きな人を苦しめるほどひどいことはないのよ」

彼女の声は震えました。

「彼は泣いていたの。その泣きぶりと言ったら」

「何歳なの。彼、どんな風なの」

「十五歳でわたしと同い年。でも人生については何も知らないの。誰も彼の面倒を見なかったから、彼にはわたししかいないのよ」

アンドレはバッグの中を探し、何かを取り出しました。

「これ、小さい写真だけど」

わたしは、アンドレのことが好きでたくさん泣いたという、そして彼女が抱きしめたという知らない少年を眺めました。大きく明るい色の目、膨らんだ瞼、ローマ皇帝カラカラ風のスタイルの黒っぽい髪、全体に殉教者の聖タルキシウスを思わせました。

「目と頬は本当にまだ小さい男の子みたいで。でも、口元がどんなに寂しげか見てわかるでしょう。まるでこの世にいることを謝っているみたい」

彼女は頭をベンチの背にもたせかけ、空を見上げました。

「時々、わたしは、彼が死んだ方がいいと思うの。そうすれば少なくとも、苦しむのはわたしだけだもの」

そう言うと、アンドレの手は再び小刻みに震えました。

「今この時にも彼が泣いていると考えるだけでも耐えられないわ」

「また再会できるわよ。二人とも愛し合っているなら、また会える。成人すれば」

「あと六年。長すぎる。わたしたちの年齢では、長すぎるわ。わたしは彼にはもう金輪際会えないとわかっているの」アンドレは絶望に満ちた調子でそう言いました。

金輪際だなんて。この言葉がこれほど重く心にのしかかってきたことはありません。わたしは、果てしない空の下、心の中でこの言葉を繰り返し、泣きたい気持ちになりました。

「彼にお別れを言ってから家に戻ると、わたしは家の屋根に登ったの。飛び降りたかったから」

「自殺をしようと思って?」

「わたしはそうして二時間留まっていた。二時間迷っていたの。地獄に落ちても構わないと思った。もしも神が良き存在でなければ、その御許に行かなくても問題ない」

アンドレは肩をすくめました。

「でもやはり怖くなったの。死ぬのがじゃないのよ、反対に、死にたいと思ってはいるの。でも地獄が怖くなったの。もしも地獄に行けば、永遠におしまい、二度とベルナールに再会できないでしょう」

「二人とも現世で再会できるわよ」

アンドレは首を振りました。

「もうおしまい」

そう言うと、彼女は突然立ち上がりました。

「帰りましょう。寒くなった」

わたしたちは黙って芝生を横切りました。アンドレはミルザを鎖につなぎ、わたしたちは部屋に上がりました。わたしは天蓋付きのベッドに休み、彼女はソファーベッドに横になりました。そして、灯りを消しました。

「ベルナールに会ったとはママンに告白しなかった。ママンがなんて言うかと思うと、その言葉を聞きたくなかったから」

わたしは何と言ったらいいかわかりませんでした。わたしはガラール夫人を好いてはいませんでしたが、アンドレには本当のことを言わなければと思ったのです。

「お母様、あなたのこととても心配してるわ」

「そうね、わたしのこと心配していると思う」

そうアンドレは言いました。

＊＊＊

アンドレはその後数日間ベルナールのことを口に出さず、わたしの方からその話をするのは憚られました。朝は、彼女は長い間バイオリンを弾いていましたが、ほとんどいつも悲しい曲ばかりでした。それから外出しました。この地方はわたしの知っているところよりずっと乾燥していて、埃っぽい道に沿ってどこかぴりぴりする匂いがして、それがイチジクの木から来ているのを知りました。森の中では、松の実の味を覚え、松の木の幹に固まっている樹液を舐めました。散歩の帰り道、アンドレは厩舎に入ると自分の栗毛の馬を撫でましたが、もう馬に乗ることは決してありませんでした。

午後になると、いささか騒がしくなりました。ガラール夫人はマルーを嫁がせようとしていて、知己だったりそれほど知らなかったりする青年たちが家を訪ねる名目を作るため、彼女は家を近隣の「申し分のない」若者たちに開放したからです。わたしたちは、クロッケー（芝生の上で行われる球技。日本のゲートボールの原型）やテニスをしたり、芝生の上で踊ったり、ケーキを食べながらとりとめもない話題について話したりしました。マルーが、生成りの山東絹のドレスを着て、洗いたての髪をテコでカールさせて部屋から降りて来た時、アンドレはわたしを肘でつつきました。

「お見合いの格好なのよ」

マルーはサン・シール陸軍士官学校に通うとても醜い青年と午後いっぱいを過ごしました。彼はテニスをせず、ダンスもせず、話もしませんでした。時々彼はわたしたちのボールを拾っていました。彼が帰ると、ガラール夫人は長女と書斎にこもりました。窓は開いていたので、わたしたちにはマルーの声が聞こえました。「嫌よママン、この人はやめて。あんまり退屈なのだもの」

アンドレはこう言いました。

「かわいそうに、マルーに紹介される青年は皆揃って頭が悪くて醜いんだから！」

アンドレはブランコに座っていました。道具置き場の近くには、屋外運動場のようなものがあり、アンドレはよくそこでブランコや鉄棒の練習をしていました。とても上手だったのです。彼女はロープをつかみました。

「押してちょうだい」

わたしは押しました。アンドレは勢いがついたところでブランコの上で立ち上がり、膝ではずみをつけました。すぐに、ブランコは木のてっぺんの方まで高く舞いました。

「そんなに高く漕いではだめ!」

彼女は返事をしませんでした。彼女は高く上がり、下まで降りるとさらに高くまで上がりました。犬小屋の近く、薪小屋のおがくずで遊んでいた双子たちが、興味を持ったのか目を上げました。遠くではボールを打つラケットのくぐもった音が聞こえました。アンドレはカエデの葉に触れそうなところまで漕ぎあげ、わたしは怖くなり始めました。鋼鉄のフックがギイギイいう音が聞こえました。

「アンドレ!」

家の中は静かでした。地下室の窓から、厨房の音がぼんやりと上がってきていました。壁の周りに生えているヒエンソウやゴウダソウはそよともいいませんでした。わたしは怖くなっていました。わたしはブランコの座り板に摑まる気も大声で嘆願する勇気もありませんでしたが、ブランコがひっくり返るか、アンドレが目眩(めまい)に襲われてロープから手を離すかするだろうと思っていました。調子の狂った振り子のように空から空へと揺れている姿を見ているだけで、わたしは吐き気がしてきました。どうしてこんなに長い間ブランコを漕いでいるのでしょう。白いワンピースの中で体を硬直させた姿がわたしのすぐ近くを通った時、彼女が唇をぎゅっと閉じ、目はどこか一点を凝視しているのが見えました。頭の箍(たが)のようなものが外れてしまって、もう止まることができないのかもしれない。ディナーベルが鳴り、ミルザが吠え出しました。アンドレは木々の間を飛び続けていました。

〝彼女は死ぬつもりなんだわ〟とわたしは思いました。

「アンドレ！」

誰か他の人が叫ぶ声が聞こえました。ガラール夫人が近づいてきました。顔は怒りにほとんど黒ずんでいました。

「すぐに降りなさい！　命令よ！　降りなさい！」

アンドレは瞼をぱちぱちさせ、地面の方を見下ろしました。そうしてしゃがむと板に腰掛け、足で乱暴にブレーキをかけ、そのまま芝生の上に倒れ込みました。

「どこか痛くした？」

「いいえ」

アンドレは笑い始めましたが、しゃっくりが笑いを止めてしまい、そのまま目を閉じて地面に横たわったままでいました。

「それは気持ちも悪くなるでしょうよ。半時間もブランコに乗っているなんて！　幾つになったと思っているの」

ガラール夫人の口調はかなり厳しいものでした。

アンドレは目を開けました。

「空が回っているわ」

「明日のおやつの時間のケーキを準備するはずだったでしょう」

「夕食の後にするわ」そう言うとアンドレは立ち上がり、わたしの肩に手を置きました。

「ふらふらしてる」

ガラール夫人は双子の手を取り、家に連れて行きました。アンドレは顔を上げ、木のてっぺんを眺めました。

「高いところにいると気持ちがいいの」

「あなたのせいで怖い思いをしたわ」

「そんな！　ブランコは頑丈だし、今まで事故など一度もなかったのよ」

そう、彼女は死のうとはしていませんでした。その件はもう片が付いていたからです。でも、一点を凝視し、唇を噛んでいる様子を見て、わたしは怖くなったのです。

夕食の後、厨房に誰もいなくなると、アンドレは厨房に降り、わたしも彼女に付き添いました。広い空間が地下の半分を占めていました。日中は、地下室の窓の上を、人間の脚や、ホロホロチョウ、犬、靴が行き交うのが見えました。この時間は外には動く影は何もなく、ミルザが鎖の端で弱々しく鳴いているのが聞こえるだけでした。鋳鉄のオーブンの炎が揺れる音の他には何も音はありませんでした。アンドレが卵を割り、砂糖、ふくらし粉を量っている間、わたしは壁を見回し、食器棚を開けました。銅製の道具が輝いていました。鍋一式、つるのついた鍋、網杓子、盥(たらい)、ひげのご先祖のシーツを温めるのにかつて使われていたアンカがありました。飾り戸棚にある子供らしい色彩の琺瑯(ほうろう)引きの皿一式をわたしはうっとりと眺めました。鋳鉄、陶器、炻器（せっき）、磁器、アルミニウム、錫などで出来た、寸胴鍋、フライパン、ポトフ用鍋、深鍋、片手鍋、小鉢、スープ鉢、皿、タンバル（円筒形の焼き型）、濾し器、肉挽き器、野菜ミル、ケーキの様々な型やすり鉢などがありました。ボウルや、コップ、グラス、シャンパングラス、脚付きの鉢、皿、受け皿、ソース入れ、壺、水さし、ピッチャー、デカンタなども数かぎりない種類が揃っていました。ここにあるスプーン、おたま、フォーク、ナイフなどは、それぞれに特有の役割を本当に果たしているのでしょうか。わたしたちはつまり、これだけ様々な必要に応えなければならないということでしょうか。この地下の世界は、洗練された数かぎりないパーティーの際に何度となく地上に顔を出したのでしょうか？　わたしが思うに、そんな宴は実際には行われることがなかったのかもしれません。

「これ全部必要なの」

「そう、だいたいね。色々と伝統があるのよ」

彼女は白っぽいケーキの生地をオーブンに入れました。

「そんなの見たうちに入らないわ。地下室を覗きに行きましょう」

わたしたちはまず乳製品加工室を通り過ぎました。釉（うわぐすり）のかかった壺や椀、艶のある木製の攪拌器、バターの塊、白いモスリンをかぶせたつるっとしたフロマージュ・ブランなどが並んでいます。この、清潔のみが支配する雰囲気と、乳児の匂いにわたしは逃げ出したくなりました。それよりは、埃をかぶった瓶とアルコールで膨れた小さい樽が並んでいる食料貯蔵室の方がましでした。それでも、ハム、ソーセージ、玉ねぎやじゃがいもが山と積まれた光景にはすっかり圧倒され、やりきれない気持ちになりました。

〝だから彼女は木々の間を飛び回る必要があるんだわ〟わたしはアンドレを眺め、そう思いました。

「ブランディー漬のさくらんぼは好き？」

「一度も食べたことない」

棚には、ジャムの瓶が何百と並び、いずれも、日付と、果物の名前が書かれた硫酸紙で覆われていました。その他にもシロップとアルコール漬の果物の瓶がありました。アンドレはさくらんぼの瓶を手に取ると厨房に持って行き、テーブルの上に置きました。そして木のおたまで中身を二つの小鉢いっぱいによそいました。アンドレはおたまから直接そのピンク色の液体を味見しました。

「おばあさんはアルコール漬といえばとことんまでアルコールを入れるから。これで簡単に酔っ払うわよ」

わたしは色褪せ、少し皺がより、しなびたさくらんぼを茎の方から摘み出しました。もうさくらんぼの味はしませんでしたが、アルコールで体が温かくなるのは気持ちがいいものでした。わたしは尋ねました。

「あなたお酒に酔ったことあるの？」

「一度、ベルナールと。シャルトルーズの小瓶を空けたの。最初のうちは面白かったわ。ブランコから降りた時よりももっと頭がぐるぐるして。それから、胸がむかついた」

オーブンの炎は密かな音を立てました。パン屋のような匂いがしてきました。アンドレの方でベルナールの名前を出したので、わたしは彼について尋ねてみてもいいのではと感じました。

「二人はあなたの事故の後で仲良くなったの？　あなたにしょっちゅう会いに来たの？」

「そう。わたしたち、チェッカーやドミノ、クラペット（二組百四枚のカードを用いて二人で行うゲーム）をして遊んだ。ベルナールはその頃は怒りっぽくて。一度など、わたしが、彼がズルをしたって言ったら、癇癪を起こしてわたしを蹴とばしたの。ちょうど右腿に当たって。わざとしたのではなかったのよ。わたしは痛みで気を失った。意識を取り戻した時、ベルナールは人を呼んでいて、わたしは傷を縫い直さなければならず、彼はわたしの枕元で泣きじゃくっていた」

彼女は遠くを見る目つきをしました。

「小さな男の子が泣いたのを一度も見たことがなかったの。わたしの兄やいとこは粗暴だから。それで、二人で残された時に、わたしたちは抱き合った……」

アンドレは再びわたしたちの小鉢を満たしました。匂いは強くなり、オーブンではケーキが色づいてきているのだろうと感じました。ミルザはもう吠えていませんでした。眠ったのでしょう。みんなが眠っていました。

「その時から彼はわたしを好きになり始めたの」

そう言うと、彼女は顔をわたしの方に向けました。

「あなたにどう説明したらよいかわからないけど。その時からわたしの人生は変わったの。ずっと、わたしのことなど誰も愛してくれないと思っていたのだもの」

わたしは飛び上がりそうになりました。

「そんなことを思っていたの？」

「そう」

「でも、なぜ？」わたしはそう言いながら、そんなことは言語道断だと思っていました。

アンドレは肩をすくめました。

「だってわたしは可愛くないし、不器用で、面白くないし。それに誰もわたしのことを構わなかったから」

「お母様がいるでしょう」

「ああ、母親は子供のことを愛するものでしょう。それは勘定には入らないわ。ママンはわたしたち皆を可愛がっているし、わたしたちは大勢だから」

彼女の声には、嫌気がさしたという気持ちが感じ取れました。彼女は自分のきょうだいに嫉妬していたのでしょうか。わたしがガラール夫人に感じた冷たさに彼女自身も苦しんでいたのだとしたら？　わたしは、アンドレの母親に対する愛が不幸なものだとは一度も思ったことがありませんでした。彼女は手をつやつやした木のテーブルの上に置きました。

「あるがままのわたしを、わたしだからという理由で愛してくれた人は世界でベルナールしかいないの」彼女はきっぱりとした口調で言いました。

「わたしは？」

ついこの言葉が口をついて出てしまいました。あまりに不公平だと思い、怒りに駆られていたのです。アンドレは驚いたようにわたしを見つめました。

「あなた？」

「わたしはあなたをあるがままに見なかったというの？」

「ああ、もちろん、そうね」

彼女はそう言いましたが、確信なさそうでした。

アルコールで火照ってきて、憤慨していたこともあり、わたしは勇気を振り絞りました。わたしは、本の中でしか言わないようなことをアンドレに言っておきたいと思ったのです。

「あなたは一度も知ることがなかったけど。あなたに会った日に、あなたはわたしにとっての全てになったの。わたし、あなたが死ぬならわたしもすぐに死ぬって決心したのよ」

わたしはこのことを過去形で語り、冷静な口ぶりを保とうと試みました。アンドレは当惑した様子で相変わらずわたしを見つめていました。

「あなたにとって大事なのは書物と勉学だけだと思っていたわ」

「その前にあなたがいた。あなたを失うぐらいだったら全てを捨ててもいいと思っていたわ」

アンドレは黙っていたので、わたしは尋ねました。

「気がついたことなかったの？」

「誕生日にあなたがこのバッグを贈ってくれた時に、あなたはわたしに対して本当に愛着があるのだと思ったわ」

「それ以上だったのよ！」

わたしは悲しくなってそう言いました。

彼女は心を動かされたようでした。わたしはなぜ彼女にわたしの愛情を感じてもらうことができなかったのでしょう。彼女はあまりにも魅力に満ちて堂々として見えたので、わたしは、彼女は満たされていると思い込んでいたのです。わたしは彼女の人生、そしてわたしの運命を嘆きたくなりました。

「不思議なものね。わたしたち、これほど長い間、離れがたい仲だったのに、あなたのことはほとんど知らないと今気がつくなんて。わたしは人をあまりにもすぐ判断しすぎるのね」彼女は自責の念にかられたように言いました。

わたしは、彼女に自分を責めて欲しくありませんでした。

「わたしもあなたのことよく知らなかった。わたしは、あなたはあるがままの自分を誇りに思っているのだと考え、羨ましかったわ」

「誇りになど思っていないわ」

アンドレは立ち上がると調理場の方に向かい、オーブンのドアを開けました。

「ケーキが出来た」

彼女は火を消し、ケーキを食料棚にしまいました。それから部屋に上がり、着替えている間、彼女はこう尋ねました。

「明日の朝、聖体拝領に行く？」

「いえ」

「そうしたら、大きなミサの時に一緒に行きましょう。わたしも行かないから。わたし罪の状態にあるの」と彼女はそう言いましたが、特にそれを気にかけてはいないようでした。

「ママンの言いつけに背いたってまだ言っていないし、それを懺悔してもいないから」

わたしは、螺旋形の円柱の間、シーツの下にもぐりこみました。

「だってベルナールに会わずに出発させるなんてできなかったでしょう」

「できなかった。彼は、自分が去ってもわたしはかまわないと思っていると感じただろうし、そうしたらより一層絶望したことでしょう。それはできなかったの」

そう彼女は繰り返しました。

「そうだとしたら、言いつけに背いてよかったのよ」

「ああ！　時には、何をしても、何もかもがいけないこともあるのね」

彼女は横になりましたが、彼女のベッドの枕元の青い常夜灯をつけたままにしていました。

「わたしがわからないことの一つはそれ。どうして、神様は、わたしたちに何をして欲しいのかをはっきりと告げないのかしら」

わたしは何も答えませんでした。アンドレはベッドの中でごそごそ動き、枕を整えました。

「聞いてみたいことがあるの」

「何？」

「あなた、まだ神様を信じてる？」

わたしは躊躇しませんでした。今晩、わたしは真実を恐れませんでした。

「もう信じていない。この一年間、もう信じていないの」

「そうではないかと思っていた」

アンドレはそう言うと、枕の上に体を起こしました。

「シルヴィー！　でも、この世しか存在しないなんてありえないわ」

「わたしはもう信じていないの」とわたしは繰り返しました。

「確かに、信仰を貫くのは難しいわ。どうして神様はわたしたちに不幸を望むのかとか。兄さんは、それは悪の問題で、教父たちはその問題をずっと前に解決したと答え、神学校で学んだことを繰り返してるの。その意見には納得できない」

「そう、神が存在するのなら、悪がどうしてあるのか理解に苦しむでしょう」

「でもひょっとしたら、理解しないことを受け入れなければならないのかもしれない。全てをわかろうとするなんて傲慢よ」

アンドレはそう言い、常夜灯を消し、こう囁きました。

「あの世はあるに違いない。なければならないのよ！」

わたしは、翌朝何が待ち受けているのか全く予測がつきませんでしたが、起きてみるとがっかりしました。アンドレはいつもと変わらず、わたしも同じ、いつものようにおはようと言い合いました。そしてその失望はその後の日々も続きました。もちろん、わたしたちはあまりにも強い絆で結ばれていたので、これ以上親密になることはありえなかったのです。六年の友情の後で、幾つかの言葉が発されたところで、影響はありません。でも、厨房でのことを思い出すにつけ、実際のところわたしたちのあいだには何も起こらなかったのだと思い寂しくなりました。

ある朝、わたしたちはイチジクの木の根元に座り、その実を食べていました。パリで売られている紫色の大きなイチジクは野菜のように大味ですが、粒々のあるジャムが詰まって膨らんだ淡い色のこの小振りのイチジクは好きでした。

「わたし昨日ママンと話したの」

アンドレはそうわたしに言いました。

わたしは心がちくりとするのを感じました。彼女がお母さんと距離を取っている時、彼女はわたしにより近しいように思われていたからです。

「日曜日に聖体拝領をするかと聞かれた。先週の日曜日にわたしがしなかったのでとても気に病んでいたらしいわ」

「なんでか理由を察したから？」

「そうじゃないと思う。でもわたしママンに話したの」

「ああ！　告白したの？」

アンドレは頬をイチジクの木にもたせ掛けました。

「かわいそうに！　ママンはこのところ心配の種が山ほどあるのよ。マルーとわたしのせいでね！」

「怒られたの？」

「ママンはわたしを許すから、あとは聴罪司祭とわたしの問題だというの」アンドレは深刻そうな顔でわたしを見つめました。「ママンをわかってあげなくては」と彼女は言いました。「ママンはわたしの魂の行く末に責任があるのだから。ママンもまた、神が彼女に何を望んでいるのかいつもわかっているわけじゃない。誰にとってもたやすくはないのよ」

「そうね、たやすくはないわ」とわたしは曖昧に答えました。

わたしは怒りに震えていました。ガラール夫人はアンドレを苦しめておいて、自分が被害者面をするなんて！

「ママンの話し方にわたしは動揺してしまって。わかるでしょう、彼女もまた、若かった時には辛いこともあったのよ」

アンドレは感極まった声でこう話すと、周りを見回しました。

「まさにここ、この屋敷で、辛い時を過ごしたの」

「おばあさまはとても厳しい方だったの？」

「そう」

そう言うとアンドレは一瞬夢見がちな表情をしました。

「神様は、わたしたちに与える試練の大きさをきちんと計っていらっしゃり、恩寵は訪れるのだし、神は、ベルナールをこれまでにも助けてきたようにこれからも助けるだろうし、わたしのことも助けてくださるだろうってママンは言うの」

そしてわたしと目を合わせようとしました。

「シルヴィー、もし神様を信じないのなら、どうやって生きることに耐えられるの？」

「だって、わたしは生きていることが好きよ」

「わたしも。でも、だからこそ、もしもわたしの好きな人たちが皆死んでしまうだろうと思ったら、すぐにわたしも自殺するわ」

「わたしは自殺したくないけど」

そうわたしは言いました。


わたしたちはイチジクの木陰を離れ、黙ったまま家に戻りました。アンドレはその次の日曜日に聖体拝領を受けました。

第二章

わたしたちはバカロレアを受けました。長い間話し合った後、ガラール夫人はアンドレにソルボンヌで三年間勉学を続けてもいいと譲歩しました。アンドレは文学科、わたしは哲学科でした。わたしたちは図書館でよく隣り合わせで勉強しましたが、授業ではわたしはひとりきりでした。学生たちの口の利き方、態度や意見はわたしを怖気づかせました。わたしは相変わらずキリスト教的な道徳に敬意を払っていたので、彼らはわたしの目にはあまりにも解放されきっているように見えたのです。ですから、カトリックの信者だという評判のパスカル・ブロンデルに親しみを持ったのも偶然ではありませんでした。彼の知性もさることながら、わたしは、彼の教育が行き届いたところと、天使のような美しい顔に惹かれていました。彼は仲間皆に微笑むことを忘れませんでしたが、誰とも一定の距離を保ち、特に女子学生に対しては慎重に振る舞っているように見えました。でも、わたしは哲学に熱心に打ち込んだので、彼はその警戒を解きました。わたしたちは長時間高度な会話を行い、神の存在の問題を除けば、ほとんどあらゆる疑問点についてお互いに同意していました。わたしたちは仲間になることを決めました。パスカルは、図書館やビストロなど、公共の場所を毛嫌いしたので、わたしは彼の家に勉強しに行きました。彼が父親とお姉さんと住んでいたアパルトマンはわたしの両親の住まいに似通っており、しかも彼の部屋が平凡でわたしはがっかりしました。アデライード校を出てみると、他の若い人たちは神秘的な同胞団を構成しているようにわたしの目には見え、人生の秘儀にずっと精通していると想像していたのです。ところがパスカルの家具や本、象牙の十字架、エル・グレコの絵の複製には、どこにもアンドレやわたしのような人種と違うことを示すものはありませんでした。彼は随分前から夜ひとりで外出する許可を得ていて、どんな本も読んでいいことになっていましたが、わたしは、彼の精神的地平線はわたしと同じくらい限られているとすぐに気がつきました。彼は、自分の父親が教師をしていた宗教的な学校に入れられて育ち、学業と自分の家族にしか興味がありませんでした。わたしはその頃、自分の家から出るという考えに取り憑かれていたので、彼が、自宅がそれほど心地いいと感じていたことに驚きました。彼は首を振りました。「今ほど幸福なことはもうないと思う」彼は、過去を懐かしむ、年齢のいった男性のようにノスタルジックな口調でそう言いました。また、自分の父親は賞賛すべき人間だと言っていました。辛い青年時代を送った後、遅くに結婚し、五十歳にして十歳の娘と数カ月の赤ん坊を残して妻に先立たれ、人生を子育てに捧げたのです。そしてパスカルはお姉さんを聖女のように崇めていました。彼女は婚約者を戦争で亡くし、生涯結婚するまいと決心したのです。栗色の髪を後ろでまとめて重そうなリボンで留め、人を威圧するような広い額を出していました。色白で、魂が現れた眼差し、輝くような、それでいて厳しいところもある微笑みをしていました。いつも同じスタイルの、エレガントですが厳格な印象を与える暗色の衣服を好み、白い大きな襟がアクセントをつけていました。彼女は、弟の教育を熱心に行い、聖職につけようと試みていました。わたしは、このお姉さんはウジェニー・ド・ゲラン（一八〇五－一八四八、文学者、詩人モーリス・ド・ゲランの姉で、弟に当てて日記を書く）気取りで日記をつけているのではないかと推測していました。厚ぼったく少しばかり赤みを帯びた手で家族の靴下を繕い、彼女はヴェルレーヌを朗唱したに違いありません。「慎ましい生活、退屈だがたやすい仕事」。優等生、親孝行の息子、良きキリスト教徒のパスカルを、わたしはあまりにもお利口すぎていると感じていました。時折、彼は脱落した神学生みたいだなと思うことがありました。わたしの方は一度ならず彼を苛立たせていました。とはいえ、のちに他にもっと興味深い同級生が出てきたときでも、わたしたちは常に友情を保ち続けました。ガラール家がマルーの婚約式を行った時に、わたしがキャヴァリエ（騎士の意味。ダンスの相手）として連れて行ったのは彼でした。

ナポレオンの墓の周囲を回り、バガテル公園のバラの香りを嗅ぎ、ランド地方の森でロシアサラダ（じゃがいもや野菜、鶏肉などをさいの目切りにしてマヨネーズで和えたサラダ）を食べたおかげで、カルメン、マノン、ラクメを空で覚えていたマルーは確かに夫を見つけるに至ったのです。彼女が聖カトリーヌの髪型を結った年（「二十五歳でまだ独身」を意味する表現。中世処女の女性は、黄色と緑の帽子をかぶったことからくる）から、彼女のお母さんは毎日のように彼女に言っていました。「修道院に入るか、結婚するかしなさい。独身生活は神の思し召しにかないません」ある日、オペラ座に出かける時、ガラール夫人はこう宣言しました。「今回のお話を受け入れるにしてもお断りするにしてもこれが最後、次のお話はアンドレに回しますからね」そこでマルーは、四十歳の男やもめ、二人の娘を抱えて途方に暮れている男性の申し出を受け入れることにしたのです。そのお祝いにダンスパーティーが企画され、アンドレは是非わたしにきてほしいと固執しました。わたしは修道院に入ったばかりのいとこから譲り受けたグレーのシルクジャージのドレスを身にまとい、ガラール家の前でパスカルと待ち合わせをしました。

ガラール氏はこの五年の間に大いに昇進し、今ではマルブフ通りの豪奢なアパルトマンに住んでいました。わたしはこの邸宅を訪ねたことはほとんどありませんでした。ガラール夫人は口先でわたしにようこそと言いました。もう長いこと、彼女はわたしを抱きしめることなく、微笑みかける労をさえ取りませんでした。とはいえ、パスカルには何も非難すべきところは見当たらないようでした。彼は、真摯でいながら控えめな様子だったので、あらゆる女性に気に入られていたのです。アンドレは彼に社交的な微笑みを投げかけました。目の周りに隈ができていて、ひょっとして泣いたのかしらと思いました。「お化粧直しをしたかったら、わたしの部屋に必要なものが全てあるわよ」と彼女は言いました。それは控え目に誘っているということでした。ガラール家では、おしろい粉を使うことは許されていましたが、わたしの母さんや叔母さん、母さんの女友だちはその風習を非難していました。「おしろいは顔色を台無しにする」と口を揃えて言っていたのです。わたしは妹たちと、そう言ったご婦人方のくたびれきった肌を見て、彼女たちの慎重な態度は報われなかったのだと言い合っていました。

わたしは顔におしろいを叩き、無造作に切られている髪を結い直し、広間に戻りました。年配のご婦人たちがやさしく見守る中、若者たちが踊っていました。それはあまり美しい見ものではありませんでした。けばけばしい色だったり、甘すぎる色合いのタフタやサテン地、オフショルダーのデコルテ、ぎこちないプリーツが寄っている様はこれらキリスト教徒の若い娘たちを醜く見せていました。彼女たちは、あまりにもしばしば、自分の体を忘れるようにしつけられているからです。目にも麗しいのは唯一アンドレだけでした。艶のある髪に、爪は輝き、可愛らしいドレスに濃いブルーのショールを羽織り、とがったパンプスを履いていました。頬紅を差しているにもかかわらず、彼女は疲れているように見えました。

「なんだか寂しいわね」とわたしはパスカルに言いました。

「何が？」

「この光景の全てがよ」

「そんなことないさ」彼は陽気に答えました。

パスカルは、わたしの厳しさも、わたしが物事に簡単には熱中しない点も共有していませんでした。彼は、どんな人にもどこかしら愛する部分を見出せると言っていました。だからこそ彼は誰にでも気に入られたのです。彼の思いやり深い視線のもとでは、誰もが自分を愛想よく感じていたからです。

彼はわたしを踊らせ、その後わたしは他の人と踊りました。青年たちは揃って見た目が悪く、わたしは彼らに何も話すことはありませんでしたが、彼らの方も同様で、室内は暑く、わたしは退屈していました。わたしはずっとアンドレの姿を目で追っていました。彼女は自分のキャヴァリエたちに公平に微笑みを投げかけ、年取ったご婦人たちにうやうやしく挨拶していましたが、わたしにはその振る舞いが完璧すぎるように思われました。彼女がそんなにもやすやすと社交界の若い女性の役割を果たすのを見たくはなかったのです。彼女もまた、お姉さんのように結婚に承諾することになるのでしょうか。わたしは少しばかり不安になってそう考えました。その何カ月か前に、アンドレはベルナールにビアリッツで会っていました。彼は空色のリムジンを乗り回し、白いスーツを着て、指輪をはめ、明らかに放蕩的な生活を送っている若いブロンドの女性を隣に乗せていました。アンドレとベルナールは握手を交わしましたが、他に何も言うことが見つかりませんでした。「ママンは正しかったわ。わたしたちは一緒になるようにできていなかったのよ」とアンドレはわたしに言いました。もしも二人の仲が引き裂かれていなければことは違ったのかもしれないとわたしは思いました。あるいは同じだったのかも。どちらにしても、その再会以降、アンドレの口調は、愛について語るときにはいつでも苦々しいニュアンスを伴っていました。

ダンスとダンスの間、わたしは彼女に近付きました。

「ねえ、五分くらい話せないかしら」

彼女はこめかみに指を当てました。きっと頭痛がするのでしょう、このころの彼女にはよく起こることでした。

「最上階の階段で会いましょう。そっと抜け出すから」彼女はそこでできつつあるカップルたちを一瞥しました。「わたしたちの母親は、わたしたちが若い男性と散歩をするのを許さないのに、こうやってダンスをしているのを見てご満悦なんだから、いい気なものよね」

アンドレは、わたしだったら小さい声でやっと言えるかどうかという事柄を皆に聞こえるような調子で率直に言うことがありました。そうです、この敬虔なキリスト教徒の女性たちは、自分らの、慎ましやかですぐに顔を赤らめる娘たちが男の腕に身を任せているのを見て心配するべきなのではないでしょうか。わたしは、十五歳の時に、ダンスのレッスンを毛嫌いしていました。言いようのない居心地の悪さを感じていたからですが、それは、理由がわからないまま疲れたり、悲しかったり、胃がぐるぐる回り出した時にも似ていました。その意味を理解した時から、わたしは反抗的になりました。わたしと何の関係もない男が触れただけでわたしの感情の状態に影響を及ぼせるなんて理不尽だし腹の立つことだと思ったのです。でも確実に、これら処女たちの多くはわたしよりうぶなのか、または自己愛に欠けるかしているのでしょう。そのことを考え出すと、彼女たちを見ていてきまりが悪くなりました。〝アンドレは？〟とわたしは思いました。彼女を見ているとそのシニカルな態度に影響され、わたしは考えるだけでも顰蹙ではないかと思うぐらいの疑問を頭に浮かべてしまうことがよくありました。彼女は階段にいるわたしに合流し、わたしたちは最上段に座りました。

「少しでもこうして休むと気持ちがいいわ！」

「頭が痛いの？」

「そう」

アンドレは微笑みました。

「たぶん今朝の食べ合わせが悪かったの。通常なら、一日を調子よく始めるためにコーヒーを飲むか、白ワインを一杯飲むんだけど、今日は両方とも飲んでしまったから」

「コーヒーとワイン？」

「そんなに悪いものでもないのよ。一時的にエネルギーをあたえてくれる」

アンドレは微笑むのをやめました。

「昨夜は眠れなかったの。マルーのことを考えるとつらくて」

アンドレはお姉さんと仲が良かったことは決してなかったのですが、彼女は人の身に降りかかること全てを自分の身になって考えるのです。彼女はこう続けました。

「マルーはかわいそうだわ。二日間、女友だちみんなに相談しようと走り回って。全員が、その縁談を受け入れるべきだと言った。特にギートは」

アンドレは皮肉げな笑みを浮かべました。

「ギートは、二十八歳にもなってひとりで夜を過ごすなんて耐えられないというのよ！」

「それで、好きでもない男と過ごすのならいいっていうの？」

わたしは微笑みました。

「ギートはまだ秘蹟としての一目惚れを信じているのかしら」

「そうだと思うわ」

アンドレは、メダイユ（聖人像などが刻まれた護符）がいくつもついた金のチェーンを神経質そうに弄っていました。

「ああ、だって簡単なことじゃないのよ。あなたはおそらく職業を持つでしょうし、結婚しなくても何かの役に立つことができる。でもギートのように何の役にも立たない行き遅れの娘はダメなの」

わたしは、自分勝手ではありますが、ボルシェヴィキと人生の過酷さのせいで父親が破産してよかったと思っていました。わたしは働かなければならない状況にあり、アンドレを苦しめている問題はわたしには関係がなかったからです。

「教授資格試験を来年受けさせてもらうことは本当に絶対無理なの？」

「絶対無理」とアンドレは言いました。「来年わたしはマルーの立場になるの」

「それであなたのお母様はあなたを結婚させようとするのかしら」

アンドレはかすかな笑いを浮かべました。

「多分もう始まっていると思う。わたしの趣味について次々と尋ねてくる理工科学校の若い学生がいるの。わたしは彼に、夢見るのはキャビア、オートクチュール、ダンスホールで、好みの男性はルイ・ジューヴェ（一八八七－一九五一、俳優、演出家、劇団主宰者。一九三〇年代には映画にも出演）だと言ってやった」

「彼はその話を信じたの？」

「いずれにしても、不安になったようには見えたわね」

わたしたちはその後数分おしゃべりをし、アンドレは腕時計を眺めました。

「そろそろ降りなければ」

わたしは人を奴隷の状態にする時計を毛嫌いしていました。緑色のランプの落ち着いた光の下、図書館で二人で読書をしている時、スフロ通りでお茶を飲んでいる時、リュクサンブール公園の並木道を歩いている時、アンドレは突然目を文字盤に向け、パニックに襲われてそそくさと去るのでした。「遅刻だわ！」彼女はいつでも他にすることがありました。彼女の母親は、彼女に山ほど仕事を言いつけ、それをアンドレは改悛者の熱心さで行っていました。彼女はあくまでも自分の母親を熱愛しようとしていて、幾つかの点では彼女に従わないことにしたとしても、それは彼女の母親がそうなるように仕向けたからなのでした。ベタリーでの滞在のすぐ後——その頃アンドレはたった十五歳だったのですが——ガラール夫人は愛について様々な事柄を露骨に微に入り細を穿ち語ったので、アンドレはそれを思い出すだけでも震えてしまうほどでした。その後で、彼女の母親は、ルクレティウス、ボッカチオ、ラブレーなどを好きに読むことを許しました。夫人はキリスト教徒であるのにもかかわらず、これらの生々しいだけでなく、卑猥な作品には全く心配していませんでした。それでいながら、信仰の性質とカトリックのモラルを捻じ曲げると自分が批判するものは手酷く糾弾していました。アンドレが、クローデルやモーリヤック、ベルナノスなどを手にしているのを見ると、彼女はこう言ったのです。「宗教について学びたいなら、教父たちの著作を読みなさい」彼女は、わたしが好ましからぬ影響をアンドレに与えているとみなし、わたしに会うのを禁止しようとしました。でも、教会の指導者が開かれた精神の持ち主だったおかげで、その後押しを受け、アンドレは自分の希望を貫くことができましたが、勉学を続け、本を読み、わたしたちの友情が続くことを許してもらおうとして、彼女はガラール夫人が社会的な務めと呼ぶところの事柄を非のうちどころなく律儀に成し遂げていました。そのせいで彼女はしばしば頭痛に苦しんでいたのです。バイオリンを練習する時間は日中ほとんどありませんでした。勉強は得意でしたが、勉学に割ける時間は夜だけだったので、睡眠時間は長くはありませんでした。

パスカルはパーティーの終わりの頃、彼女と何度も踊りました。わたしを家に送ってくれる道すがら、彼は感慨深げにこう言いました。

「あなたのお友だちは優しいね。あなたたちがソルボンヌで一緒にいるのをよく見かけたよ。なぜぼくに一度も紹介してくれなかったの」

「だってそんなこと考えもしなかったもの」

「また彼女に会いたいな」

「もちろん、たやすいことだわ」

わたしは、彼がアンドレを魅力的だと思っているのに驚きました。彼は男性に対するように女性にも愛想が良く、もしかしたら女性に対しての方がより愛想が良かったかもしれませんが、そのくせ女性をほとんど評価していませんでした。彼の好意は分け隔てなく誰にでも向けられていましたが、誰とでも距離を置いていました。アンドレの方は、知らない人には最初は警戒してかかっていました。成長するにつれ、彼女は福音の教えと、伝統主義的な人たちの計算高くエゴイストで狭量な態度との間に横たわる溝に気がつき、それを許しがたいことと思っていたので、彼らの偽善に対しては皮肉な態度をとることによって自分を守っていました。わたしが、パスカルはとても頭がいいと言った時には、彼女はわたしの言うことを信じました。でも、愚行にはむろん激しく抗議するとはいえ、知性にはほとんど重きを置いていなかったので、「それが何の役に立つというの？」と多少の苛立ちを込めて尋ねたものでした。彼女が正確には何を求めていたのかわたしにはわかりませんでしたが、彼女は認められている価値にはどれも同じ懐疑心を抱いていました。あるアーティスト、作家、役者などに彼女が夢中になるときには、いつでも矛盾する理由があり、彼らには、軽々しさ、あるいはいかがわしくさえある特質をしか認めていませんでした。アンドレはジューヴェが酔いどれの役を演じるのにすっかり魅了され、ブロマイドを自分の部屋に貼っていたくらいでした。そんな風に熱中するのは何より、良識ある人たちの偽りの美徳に反抗するためだったのです。彼女はそういった美徳を真面目に受け取っていなかったからです。でも、パスカルについて彼女が話したことは本心であるように思われました。

「とても感じのいい人だと思ったわ」

というわけで、パスカルはスフロ通りにわたしたちとお茶を飲みに来て、リュクサンブール公園に付き合いました。二回目からは、わたしはアンドレと彼を二人っきりにして、その後彼らはしばしばわたし抜きに会うようになりました。わたしは別に嫉妬はしませんでした。ベタリーの厨房で、わたしにとってどれほど彼女が重要かを告白してからは、その件に関してはそれほど固執しないようになっていたのです。彼女はわたしにとっては相変わらずとても重要でしたが、今では世界の残り、そして自分自身も大事でした。もはや、彼女が全てではなくなっていたのです。

アンドレが信仰を失うこともなく品行正しく勉学を終えられたこと、そして長女の嫁ぎ先を見つけたことに満足し、ガラール夫人はこの春は鷹揚（おうよう）に振る舞いました。アンドレが腕時計を見ることはそれほどなくなりました。彼女はパスカルと二人きりで会うことが多くなり、それと同じくらいしばしば、わたしたちは三人で外出しました。彼はすぐに、彼女に影響を与えるようになりました。まず、彼女の辛辣なものの考え方や、冷めた態度からくる毒舌を笑うことから始まり、次第にその悲観主義を非難するようになりました。「人類はそれほど悪いものではない」と彼は断言しました。二人は悪や罪、恩寵の問題について議論し、彼はアンドレのジャンセニスム（カトリック教会により異端的と見なされたキリスト教思想。厳格主義、悲観的人間観で知られる）的な部分を糾弾しました。彼女はそれにひどくびっくりしていました。最初のうち、彼女はわたしに、驚いた様子でこう言っていました。「彼はなんて青くさいのかしら！」それから、少しばかり当惑した様子で、こう言いました。「パスカルと自分を比較すると、わたしなんだか気持ちの荒んだ行き遅れの女のような気がするわ」彼女は、正しいのは彼だと結論づけるようになったのです。

「同類の悪いところについてまず考えてしまうのは、神に背くことなのね」と彼女はわたしに言い、またこうも言いました。「キリスト教徒は誠実であるべきだけれど、苦悩してはいけないわ」そして、感極まったかのようにこう付け加えました。「パスカルはわたしが初めて会った真のキリスト教徒よ！」

パスカルの持論よりも、パスカルという存在そのものが、彼女を人間の性質や、世界、神と和解させたのでした。彼は天を信じ、人生を愛し、陽気で、非の打ち所のない青年でした。ということは、あらゆる人間が悪いわけではなく、美徳がことごとく偽りであるわけでもなく、地上を放棄することなく天国に行くこともできることになります。アンドレがそのように説得されたことをわたしは喜びました。二年前には、彼女の信仰は揺らいでいるように見えました。その頃、彼女はこう言ったことがあったのです。「可能な信仰は一つだけで、それは炭焼きの信心だけよ（素朴な信心を意味する慣用句）」その後彼女は考えを改めたようでした。わたしはただ、彼女が宗教をあまり容赦ないものだと考えすぎないといいがとだけ望んでいました。パスカルは、彼女と信仰を共有していたので、時には自分自身のことを気にかけても罪ではないと彼女に確信させるのにはわたしよりも向いていました。ガラール夫人を非難することなく、彼はアンドレに、個人の生活を守ることは正しいと断言しました。「神は、我々が自分を疎かにすることを好まれない。我々に才能をお与えになったのは、それを使うためになのだから」と彼は繰り返していました。その言葉はアンドレの心を照らしました。まるで、重荷が彼女の肩から下りたようでした。リュクサンブール公園のマロニエに新芽が出て、ついで葉や花に覆われるのと同時に、彼女が変化を遂げるのを見届けました。フラネルのテーラードスーツ、麦わら素材のクローシェ帽（釣り鐘型の帽子）に手袋をはめ、彼女は社会の規範にかなった、若いけれども堅苦しい女性のなりをしていました。パスカルはその様子をやさしくではありますが、からかいました。

「なぜあなたはいつも帽子をかぶって、顔を隠しているの？　一日中そうやって手袋をしているのですか？　これほど礼儀正しい若いお方にカフェのテラスにおかけになりませんか、などと提案してもいいものなのでしょうかね？」

彼女は、パスカルにからかわれて嬉しそうでした。新しい帽子を買うことはしませんでしたが、手袋はバッグの底に忘れ、サン＝ミシェル大通りのテラスに座り、わたしたちが松林を散歩していた頃と同じくらいその足取りは再び溌剌（はつらつ）としました。その時までは、アンドレの美しさは、一種秘されたものであり続けました。目の奥底に宿り、表情が輝くときに現れることはあっても、完全に目に見えることはなかったのです。しかし突然、その美しさは皮膚の表面に浮かび上がり、日の下に現れました。わたしは、ブーローニュの森の湖の上で、新緑の香りがする朝、その美しさを再び目にしました。彼女はオールを持ちました。帽子をかぶらず、手袋もはめず、腕をむき出しにして、彼女は器用に水をかきました。髪は輝き、目は生き生きとしていました。パスカルは水に手をつけ、そっと歌っていました。彼はとてもいい声をしていて、多くの歌を知っていました。

彼もまた変わりました。父親、そして特に姉を前にすると、彼はまるで少年になったようでしたが、アンドレには男性としての威厳を持って話していました。そういう役割を演じていたのではありません。ただ、彼は、アンドレが必要とするだけの高みに立っていたのです。わたしが彼のことをよく知らなかったのか、または彼が成熟したかのどちらかでしょう。いずれにしても、彼はもう神学校の学生にはみえませんでした。天使のような趣は以前ほどはなくなりましたが、もっと陽気になりました。そしてその陽気さは彼に似合っていました。五月一日の午後、彼はわたしたちをリュクサンブール公園のテラスで待っていました。わたしたちの姿を認めると、彼は欄干によじ登り、そこを、軽業師のように、バランスをとるのに腕を使いながら、ゆっくりとわたしたちの方に歩いてきました。両方の手に、それぞれスズランの花束を持っていました。彼は地面に飛び降りると、その花束をわたしたちに差し出しました。わたしの花束は、釣り合いをとるためだけにあったのです。だってそれまでパスカルはわたしに花を贈ったことなど一度もないのですから。アンドレはそのことを理解したようで、顔を赤くしました。彼女が顔を赤くするのを見たのはわたしたちが知り合ってからたった二度目だったので、わたしはこう思いました。〝彼らは愛し合っているのね〟アンドレに愛されるなんて、なんて運がいいのでしょう。でも特にわたしは彼女を思って喜んでいました。彼女は信者ではない男性とは結婚もできなかったでしょうし、したくもなかったのです。ガラール氏のような厳格なキリスト教徒を愛さなければならない状況に陥っていたら、彼女の魅力は花がしおれるように失われたことでしょう。パスカルの下で、彼女はやっと自分の義務と幸福を両立させることができたのです。

この年の暮れには特に大してすることもなかったので、わたしたちはたくさん散歩をしました。わたしたち三人の誰ひとりとしてお金持ちではありませんでした。ガラール夫人は、自分たちの娘に、バスのチケットと靴下を買うのに必要なお小遣いしか与えませんでした。ブロンデル氏はパスカルがただ試験にだけ身を入れることを望んでおり、自分の息子に家庭教師をさせるくらいなら自分で残業をした方がましだと思っていました。わたしが家庭教師をしていた学生は二人だけで、しかも時給はよくありませんでした。それでも、わたしたちはユルスリン座に抽象的な映画を観に行ったり、カルテル劇場に前衛芝居を観劇に行けるようになんとか工面しました。劇場から出ると、わたしはいつも長いことアンドレと議論しました。パスカルはそれを寛容な面持ちで聞いていました。彼はただ哲学だけが好きだと告白していました。芸術と文学は意味のない娯楽で、彼を退屈させるのです。わたしたちが芸術や文学作品が人生を表象していると主張する時、彼はそれは嘘だとみなしました。現実においては、感情や状況は、本で書かれるようには繊細でもドラマティックでもないと彼は言うのでした。アンドレは、その単純な立場を新鮮だとみていました。つまるところ、彼女はこの世界を悲劇的に捉えすぎる傾向があったので、彼女にとっては、パスカルの思慮分別は多少短絡的ではありましたが微笑ましいものでした。

卒業のための口頭試験に見事に通った後、アンドレはパスカルと散歩に出かけました。彼は自宅に彼女を招くことはなく、彼女の方も受け入れなかったでしょう。アンドレは、わたしや同級生と外出すると曖昧に言っていましたが、母親には、午後いっぱい若い男性の家で過ごしたなんて告白もしたくなかったし、隠したくもなかったのでしょう。彼らはいつも外で会い、たくさん散歩をしていました。わたしは彼女とその翌日に、いつもの場所、石の彫刻の女王の死んだ眼差しの下で待ち合わせていました。わたしは彼女が好きな大きなブラックチェリーを買って行きましたが、彼女は食べる気がしないといい、何か心にかかることがあるようでした。ややあって、彼女はわたしにこう言いました。

「わたし、パスカルに、ベルナールとのこと話したの」

彼女の声は緊張していました。

「その話をするのは初めてだったの？」

「ええ。ずっと前からしようと思っていたんだけど。話さなければならなかったのに勇気が出なかったの」

そして、ためらった後こう言いました。

「否定的な判断をされたらと思うと怖くて」

「なんでそんなことを考えるの！」

わたしはアンドレを十年前から知っていましたが、それでも彼女はわたしを面くらわせることがよくありました。

「ベルナールとわたし、悪いことは何もしなかったけれど、キスはしたし、それはプラトニックな抱擁ではなかった。パスカルはあんなに純粋な人だから、ショックを受けるのではと恐れていたの」

彼女はそう真剣な口調で言い、確信を持っているかのようにこう付け加えました。

「でも彼は自分自身にしか厳しくないのよ」

「なんでパスカルがショックを受けることがありうるの？　ベルナールとあなたはまだ子供だったのだし、お互いに好きあっていたというだけのことでしょう」

「何歳でも罪を犯すことはありうる。そして愛しているからといって何をしても許されるわけではないわ」

「パスカルはあなたのことをさぞかしジャンセニストだと思ったことでしょうね」

わたしは彼女が何に良心の呵責を抱いているのかわかりかねていました。確かに、その子供の抱擁というのが彼女にとって何を意味するのかよくわからないというのもあります。

「彼はわかってくれたわ。彼はいつでも何でもわかってくれるの」

そして、周りを見回すとこう言いました。

「ママンがわたしとベルナールを引き離した時に、自殺しようと思ったなんてね！　彼のことをずっと好きでいると信じていたんだから」

彼女の声には不安げな問いの調子がありました。

「十五歳で間違えるのは当然よ」

靴の先でアンドレは砂に線を描きました。

「何歳になったら、『これは永遠に続く』と考えられるようになるのかしら」

彼女の表情は、不安げなときには硬くなり、ほとんど骨ばっているように見えました。

「もう今はあなたは間違わないでしょう」

「わたしもそう思うけれど」

彼女は地面に形にならない線を描き続けていました。

「でも、相手、つまり自分が好きな人が、あなたのことをずっと好きでいるだろうとどうやったら確信できるの」

「自然と感じ取れるものじゃないかしら」

彼女は紙袋に手を入れ、何も言わずさくらんぼを幾つか食べました。

「パスカルは、これまでに一度もどんな女性も愛したことがなかったと言うの」

そして彼女はわたしと目を合わそうとしました。

「彼は『今までに一度も愛したことがなかった』と言ったのではなく『今までに一度も愛したことがない』と言ったのよ」

わたしはクスリと笑いました。

「パスカルは生真面目だから。言葉を選ぶのよ」

「明日の朝一緒に聖体拝領に行こうと誘われたわ」

わたしは何も答えませんでした。わたしがアンドレの立場だったら、パスカルが聖体拝領を受けているのを見て嫉妬したでしょう。人間は、神に比べればほんのちっぽけな存在なのです。それでも、かつては、わたしはアンドレと神をとても大きな愛で愛したことは確かでした。

それ以後、アンドレとわたしの間では、彼女がパスカルを愛していることはわかりきった秘密となりました。彼の方は、前よりも彼女にずっと心を開いて話すようになりました。十六歳から十八歳の間、自分は聖職者になりたかったと彼は話しました。でも彼の教会の指導者は、それは彼の進むべき道ではないと言い聞かせました。お姉さんの影響を受け、俗世間と成人としての責任から逃れるために神学校を選択すればいいと思っているのではないか、と。現実に対する彼の危惧は長い間生き延びていて、そのせいで彼は女性に対して偏見を抱いているとも言えました。彼は今はそんな自分を厳しく非難していました。「純粋であることは、女性の全てに悪魔を見ることにあるのではない」と彼は快活にアンドレに言いました。彼女に出会う前は、純粋な魂の持ち主とみなしている自分のお姉さんと、自分が女性であるという意識がほとんどないわたしだけが彼にとっての例外でした。でも今は、女性は、女性として、神の創造物なのだと理解したのでした。「でも世界にはアンドレは一人しかいない」と彼は熱意のある口調で付け加えたので、アンドレは今や、彼が彼女を愛していると疑うことはありませんでした。

「ヴァカンスの間、手紙を書くでしょう」

「そうね」

「ガラール夫人はなんて言うかしら」

「ママンはわたしあての手紙を開いたりは決してしないの。手紙を見張るより他にすることがあるもの」

このたびのヴァカンスは、マルーの婚約式のために、特別に忙しいものになりそうでした。アンドレは心配そうにその話をし、こうわたしに尋ねました。

「ママンがあなたを招待してもいいと言ったら、あなた来る？」

「言わないと思うわ」

「そうかしら。ミーヌとレレットは英国にいるだろうし、双子の妹たちは小さすぎて、あなたの影響を受けても危険ではないわ」

アンドレはそう言うと笑い、真面目な顔つきをしてこう付け加えました。

「ママンは今ではわたしに信頼を置いているの。大変なこともあったけれど、最終的にママンの信頼を勝ち得ることができた。もう、あなたがわたしを堕落させると恐れたりはしないと思うわ」

わたしは、アンドレがわたしを招待するのは、単にわたしに対する友情からだけではなく、パスカルの話をできるからではないかと想像していました。たとえそうだとしても、秘密の打ち明け相手の役割を担えるだけでもこの上ないことで、九月初旬に来てくれるかしらと尋ねられた時にはとても嬉しかったのです。

＊＊＊

八月中、わたしはアンドレからただ二通の手紙しか受け取りませんでした。それもとても短いもので、彼女は朝早く、自分のベッドでその手紙を書いていました。〈日中は自分の時間はいっときたりともないの〉と手紙にありました。彼女は夜はおばあさんの寝室で寝ていたのですが、おばあさんの眠りは浅いので、手紙を書いたり本を読んだりするのには、朝の光がブラインド越しに差してくるのを待っていました。ベタリーの家には大勢の人がいました。マルーの婚約者、それに彼の二人の姉妹がいましたが、彼女たちは独身のまま年をとったくたびれた女性たちで、アンドレからいっときたりとも目を離しませんでした。それから、リヴィエール・ド・ボヌイユのいとこたちが全員揃っていました。マルーの婚約を祝う機会を利用して、ガラール夫人はアンドレのお見合いを企画していました。パーティーに続くパーティー三昧の華やかな季節だったのです。〈煉獄はこんなところだと思う〉とアンドレは手紙で書いていました。九月には彼女はマルーに付き添って彼女の婚約者の両親の家に行かなければなりませんでした。その予定は彼女を憔悴させましたが、幸いにも、彼女はパスカルからの長い手紙を受け取っていました。わたしは彼女に会いたくてうずうずしていました。この年わたしはサデルナックで退屈していました。孤独はわたしに重くのしかかっていたのです。

アンドレはわたしを駅のホームで待っていました。ピンクの生地のドレスに、クローシュ帽をかぶっていました。でも彼女はひとりきりではありませんでした。双子たちが、一人はピンクのギンガムチェック、もう一人は青いギンガムチェックの服をまとい、列車と一緒に走り、大声をあげていました。

「ほら、シルヴィーよ！　いらっしゃい！」

彼女たちの真っ直ぐな髪と黒い目は、十年前にわたしの心を捉えた、腿を火傷した少女を思い起こさせました。彼女たちの頬はもっとふっくらとし、その視線はそれほど生意気そうではありませんでしたが。アンドレはわたしに微笑みかけました。一瞬のことでしたが、とても生き生きとしていたので、彼女は健康に輝いているように見えました。そして、わたしの手をとってこう言いました。

「旅行は快適だった？」

「ええ、ひとりで旅をするときにはいつでも」

双子たちはわたしたちを咎め立てするように見つめました。青い服の方がアンドレに聞きました。

「なぜ抱擁しないの？」

「とても好きだけど抱擁しない人たちがいるのよ」

「好きじゃないけど抱擁する人たちもいる」

そうピンクの方が言いました。

「その通り。さあ、シルヴィーの荷物を車に運んでちょうだい」

双子たちはわたしの鞄を我先にと取ると、飛び跳ねながら駅前に止めてあった黒いシトロエンの方に近づいて行きました。

「あなたの方は、どんな風？」

わたしはそうアンドレに聞きました。

「良くも悪くもない。後で話すわ」

彼女は運転席に乗り込み、わたしは助手席に座りました。双子は、山ほど箱が積まれ場所を塞いでいた後部席に落ち着きました。わたしが、厳格にオーガナイズされた生活のただ中に乗り込んでしまったことは明らかでした。「シルヴィーを迎えに行く前に、買い物をして双子を迎えに行ってちょうだい」とガラール夫人は言ったのでした。家に着くと、その箱の中身を全て開けなければならないのでしょう。アンドレは手袋をし、ハンドルやレバーを触っていましたが、わたしは、彼女を注意深く観察し、彼女が痩せたことに気がつきました。

「痩せたわね」

「たぶん、少しね」

「そう、姉さんは痩せたの。ママンが叱っても、何も食べないんだもの」

そう双子のうちの一人が叫ぶと、もう一人がこだまのように繰り返しました。

「姉さんは何も食べない」

「馬鹿なこと言わないで。何も食べなかったら死んでいるわ」

車はゆっくりと発車しました。運転席で、彼女の手袋をした手は器用にハンドルを操作しているように見えました。大体にしてアンドレは、何かに取り掛かるといつも上手に行うのです。

「車を運転するの好き？」

「丸一日運転手役は嫌だけど、そうね、運転自体は好きよ」

車はニセアカシアの木々に沿って進みましたが、わたしはこの道に見覚えがありませんでした。ガラール夫人がブレーキをめいっぱいかけた勾配のきつい下り坂、馬がなかなか進めなかった斜面など、全てが平らになっていました。そして気がつくとすでに大通りに出ていました。柘植の木は剪定されたばかりでした。城は何も変わっていませんでしたが、玄関口のステップの前にはベゴニアとヒャクニチソウの植え込みがありました。

「前にはこのあたりの花はなかった」

「そうね。美しくはないけど。でも今は庭師がいるから、何かしら仕事をさせておかなければならないのよ」

アンドレはそう皮肉めいた口調で言うと、わたしの荷物を取り、双子に言いました。

「ママンに、姉さんがすぐに来るからと言っておいてね」

わたしは、玄関ホールと田舎の家に特有の匂いをすぐに思い出しました。階段は前と同じように軋みましたが、階上に上がるとアンドレは左に曲がりました。

「あなたには双子の部屋を用意しておいたわ。彼女たちはおばあさんとわたしとそれぞれ寝るから」

アンドレは扉を開け、スーツケースを床に置きました。

「もしもわたしたちを一緒にしたら、よっぴて話しているだろうってママンは確信しているの」

「残念だわ」

「そうね。でもとにかく、あなたがここに来られただけでとてもいいことじゃない。わたし嬉しいわ」

「わたしも」

「準備ができたらすぐ降りてきて。わたしはママンを手伝わなければならないから」

彼女はドアを閉めました。〈自分の時間はいっときたりともないの〉と手紙で書いてきていた事に嘘偽りはありませんでした。アンドレは誇張した言い方は決してしないのです。それでも、わたしのために三本の赤いバラを摘んでくる時間を見つけていました。彼女が一番好きな花です。わたしは、彼女が子供の頃作文にこう書いていたのを思い出しました。〈わたしはバラの花が好きです。晴れ晴れとした花で、威厳に満ちて、枯れることなく死んでいくのです〉わたしは洋服ダンスを開け、自分が持ってきた唯一の、さえない薄紫色のドレスをハンガーにかけました。タンスの中には、バスローブ、スリッパ、それから赤い水玉模様の可愛らしい白いワンピースがありました。化粧テーブルの上には、アーモンドオイルの石鹸とオーデコロンの瓶、それからオークル系のおしろい粉が置いてありました。彼女の心遣いにわたしは打たれました。

〝なぜ彼女はご飯を食べないのかしら〟もしかしたらガラール夫人が文通を阻止したのかもしれない。でもそうだとしたらなんだというのでしょう。あれから五年が経っていました。関係は同じ展開をたどるのでしょうか。わたしは部屋を出て階段を下りました。同じ話になることはないでしょう。アンドレはもう子供ではないのだから。アンドレはパスカルをつきせぬ愛で愛しているとわたしは感じていて、また知ってもいました。ガラール夫人は彼らの結婚に反対するような要素は何も見出さないだろうと自分に言い聞かせて安心しようとしました。結果として、パスカルは「どこから見ても良くできた青年」のカテゴリーに入るのですから。

広間から大声がしました。多かれ少なかれわたしに好意を抱いていない人たちと同席しなければならないと考えると気後れがしました。わたしもまた、子供ではなくなっていたのです。わたしは書斎に入り、ディナーベルが鳴るのを待ちました。わたしはこの部屋の本や先祖の写真、格天井（ごうてんじょう）のように花綱と飾りに縁取られたエンボス加工の革の表紙の厚いアルバムなどを覚えていました。わたしは金属製の留め金を外しました。わたしの視線は、リヴィエール・ド・ボヌイユ夫人のところで止まりました。五十歳で、黒く平らなヘアバンドをし、威厳のある風情で、その後優しいおばあさんになるだろう片鱗は全くありませんでした。彼女は娘に、彼女が好かない男性と結婚することを強いたのです。何ページかめくると、ガラール夫人の若い時の写真がありました。ギンプ（レースなどで作られるハイスタンドカラー）が首回りを隠し、髪が天真爛漫な顔の上で膨らんでいて、微笑まず厳しいけれども肉感的でもある唇はアンドレに似ていました。彼女の目にはどこか人の気を惹くものがありました。もう少し先に、再び彼女の写真が現れましたが、今度はひげを生やした若い男性の側に座り、可愛くない幼児に笑いかけていました。その目からは何かが消えていました。わたしはアルバムを閉じ、フランス窓に近づき、少し開けました。そよ風がゴウダソウと戯れ、かすかな太鼓のようなざわめく音を立てていました。ブランコが軋んでいました。〝彼女は今のわたしたちの年齢だったんだ〟とわたしは思いました。若き日のガラール夫人は、同じ星の下で夜の囁きを聞き、散策をし、こう思ったことでしょう。〝いやよ、わたしはこの人とは結婚しないわ〟なぜ？　醜くも愚鈍でもなく、将来が約束され、多くの美徳を持っていたというのに。他の人を愛していたのでしょうか。何かとっぴな思いつきにかられたのでしょうか。今となっては、まさに彼女が送ってきた人生のために生まれてきたように見えるのに。

ディナーベルが鳴り、わたしは食堂へ向かいました。多くの人と握手をしましたが、誰もわたしの近況をゆっくり聞くことはせず、わたしはすぐに忘れられました。食事中ずっと、シャルルとアンリ・リヴィエール・ド・ボヌイユは『アクション・フランセーズ』を大声で擁護し、それに対しガラール氏は教皇の味方をしていました。アンドレはイライラしているように見えました。ガラール夫人はといえば、明らかに他のことを考えていました。わたしは彼女の黄ばんだ顔に、写真アルバムの若き日の面影を見出そうとしましたが、無理でした。それでも、思い出はあるだろうに、と思いました。どんな思い出なんでしょう。今の彼女の人生に、その思い出が役立つことはあるのでしょうか。

夕食の後、男性陣はブリッジの勝負をし、ご婦人方は手芸に勤しみました。その年は、紙製の帽子が流行っていました。厚紙を細く切り、それを水に浸して柔らかくしてからしっかりと編み、それからワックスの一種で固め艶を出すのです。サントネー姉妹の賞賛の視線を浴びながら、アンドレは緑色の何かをこしらえていました。

「クローシェ帽？」

「いいえ、大きなカプリーヌよ」と、アンドレはよく知ったもの同士の微笑みを浮かべて言いました。

アニエス・サントネーは彼女にバイオリンを弾いてくれるように頼みましたが、アンドレは拒否しました。わたしは、この晩はアンドレに話すことはできないと理解したので、早めに寝に上がりました。この日わたしは彼女をひとりきりで見たことが一分たりともなく、それに続く日々も同様でした。朝方は、彼女は家の仕事をします。午後になると、若い子たちがガラール氏とシャルルの車にぎゅうぎゅうに乗り込み、テニスをしたり近隣のお城にダンスをじに行ったりします。バスク地方特有の球技、ペロタのトーナメントや、ランド地方の雌牛の競争を見に他の村まで遠征することもありました。アンドレは、しかるべき状況では微笑んでいました。でもわたしは、彼女が確かにほとんど何も食べていないことに気がついていました。

ある晩、わたしは、誰かが寝室の扉を開ける音を聞いて目を覚ましました。

「シルヴィー、もう寝ているの？」

アンドレはわたしのベッドに近づいてきました。綿ネルのガウンを着て、裸足でした。

「今何時？」

「一時よ。もしも眠くなかったら、階下に降りましょう。その方がゆっくり話せるから。ここだとわたしたちの話が聞こえてしまう」

わたしは部屋着を羽織り、わたしたちは階段を軋ませないように気をつけながら階下に降りました。アンドレは書斎に入り、照明をつけました。

「これまでは、おばあさんを起こさずにベッドから出ることができなかったの。老人の眠りが浅いのは驚くほどだわ」

「あなたとどれだけ話したかったことか！」

「わたしもよ！」

アンドレはため息をつきました。

「ヴァカンスの初めからずっとこうなの。本当についていない。今年はわたしを放っておいて欲しいと心底思っていたのに」

「あなたのお母様は相変わらず何も疑っていないの？」

「いえ、残念なことだけど、男性の筆跡の封筒についに気がついてしまって、先週根掘り葉掘り聞かれたの」

アンドレは肩をすくめました。

「どちらにしても、遅かれ早かれママンには話をしなければならなかったのだわ」

「それで？　お母様はなんて言ったの？」

「わたしは何もかもママンに話したの。パスカルの手紙を見せろとは言わなかったし、わたしの方も見せなかった。でも包み隠さず皆話した。ママンは、パスカルに手紙を書くのをやめなさいとは言わなかったわ。ママンは、少し考える必要がありますと言っただけ」

アンドレは部屋を一通り見回りました。まるで逃げ道を探しているかのように。でも、厳格な書物や、先祖のポートレートは彼女を安心させるためにはありませんでした。

「お母様、困った風だった？　いつお決めになるのかわかる？」

「全くわからないわ。何も意見を言わず、質問をしただけだったの。それから、簡潔にこう言った。考えてみなければね、って」

「パスカルのことで反対する理由など一つもないわ。お母様の目から見ても、悪い相手ではないでしょう」わたしは勢い込んで言いました。

「わからない。わたしたちの家柄の間では、結婚とはそのようにするものではないの」

そう言うと、アンドレは苦々しげに付け加えました。

「恋愛結婚はうさんくさいものなのよ」

「だからと言って、あなたがパスカルが好きだというだけで彼との結婚に反対するいわれはないでしょう」

「わからないわ」

アンドレはぼうっとした声で繰り返しました。そして、わたしに素早く視線を向けると、目を逸らしました。

「だいたい、パスカルがわたしと結婚しようと思っているかだってわたしにはわからないもの」

「何を言っているの！　パスカルがその話をしないのは、それが明白だからでしょう。パスカルにとって、あなたを愛するのとあなたと結婚したいのは同じことなんだから」

「彼はわたしのことが好きだとは一度も言わなかったわ」

「知っている。でもパリにいた時は、このところあなたはそのことを疑っていなかったでしょう。それで正しいのよ。見るからにわかったもの」

アンドレはメダイユをいじくっていました。そしてしばらくの間、口を利かずにいました。

「一通目の手紙で、わたしはパスカルに、彼のことが好きだと書いたの。それが間違っていたのかもしれないけど……どう説明したらいいかわからないのだけど、そう彼に言わずに黙っているのは、手紙の上では、嘘になると思えてきたの」

わたしは頷きました。アンドレは決して嘘をつくことができなかったからです。

「彼はとても美しい手紙を書いて答えてくれた。でも、彼は、愛という言葉を口に出す権利があるとは感じられないというの。俗世でも宗教の道においても、明白なことは何もなく、自分の感情を体験する必要があるというのよ」

「心配しないで。パスカルは、わたしがいつも証拠があるか試しもしないで自分の意見を決めると言ってわたしを批判していたわ。彼はそういう人なのよ。時間をかける必要があるの。でもその経験はすぐに正しいとわかるでしょう」

わたしは、パスカルのことをよく知っているので、おためごかしを言っているわけでは全くないことはわかっていました。でもわたしは彼のためらいを嘆きました。アンドレは、もしも彼の愛を確信していたら、もっとよく眠り、もっと食事を摂れたでしょう。

「お母様と話したってパスカルに言ったの？」

「ええ」

「そうしたら、じきにわかるわ。関係が危機に陥っていると思えば、彼ははっきりすると思うから」

アンドレはメダイユのうちの一つを噛んでいました。そして、こう言いましたが確信はなさそうでした。

「様子を見てみるわ」

「ねえ、考えてもみて、パスカルが他の女性を好きになれると思う？」

彼女はためらいつつ、こう答えました。

「結婚は自分の道ではないと気がつくかもしれないわ」

「まだパスカルが聖職者になろうと考えているとは思っていないでしょう」

「もしわたしに会っていなかったら考えたかもしれない。わたしはもしかすると、彼を本来の道からそらせるために置かれた罠かもしれないのよ」

わたしは気まずくなってアンドレを見つめました。パスカルは、彼女がジャンセニストだと言っていました。わたしに言わせればもっと悪い。彼女は、神が悪魔的な陰謀を企てているのではと疑っていたのです。

「ばかげているわ。百歩譲って、神が魂を試すことができると想像してもいい。でも魂を陥れることはないでしょう」

アンドレは肩をすくめました。

「ばかげたことだからこそ信じなければとも言うわ。だから、物事がばかげていればいるほど、本当でありうると考えるようになったの」

わたしたちはなおもしばらく話していましたが、突然書斎の扉が開きました。

「何をしているの?」と幼い声が聞こえました。

双子のピンクの服の方、アンドレのお気に入りのデデでした。

「デデ、あなたこそ、なんでベッドにいないの?」

デデは近づき、両手で長く白い寝間着の裾を持ち上げました。

「おばあさんが電気をつけてわたしを起こしたんだもの。姉さんがどこにいるかって聞いたから、見てくるって言ったの」

アンドレは立ち上がりました。

「さあ、いい子だから。わたしはおばあさんに、眠れないから書斎に本を読みに降りたって言うから。シルヴィーの話をしてはダメよ。わたしがママンに怒られるから」

「それは嘘だわ」とデデ。

「嘘をつくのはわたしだから、あなたは黙っていればいいでしょう、嘘をついたことにはならない」

そして、アンドレは確信を持ってこう付け加えました。

「大きくなったら、時々は嘘をつくことも許されるのよ」

「大きくなるって便利ね」デデはため息をついて言いました。

「便利なこともあるしそうじゃないこともある」

アンドレは妹の頭を撫でました。

〝これでは奴隷のような生活じゃないの〟とわたしは自分の部屋に戻ってから思いました。母親か祖母にコントロールされていない行動は何一つなく、それが直ちに妹たちの模範になるのです。どんな考えも、神の御心に叶うかどうか鑑みなければならないのですから。

「最悪なのはそれよね」とわたしは次の日にひとりごちました。リヴィエール・ド・ボヌイユ家のために一世紀近く前から割り当てられている銅のプレートがついたベンチでアンドレがわたしの隣で祈っている時のことでした。ガラール夫人はリードオルガンを担当していました。双子は、祝別されたパンがたくさん入ったカゴを持って教会の中を歩き回っていました。頭を手で抱え、アンドレは神に話していました。でも、どんな言葉で？　彼女と神の関係はシンプルではないに違いありません。わたしはあることを確信していました。彼女は、神が善良だとは思えないのです。それでいて、彼女は神に嫌われたくなくて、神を愛そうと試みているのです。わたしのように、彼女の信仰のナィーヴさが失われた時、彼女が信仰を失っていれば物事はどれだけ簡単だったことでしょう。わたしは目で双子たちの姿を追いました。彼女たちは忙しく立ち働き、それが重要だと思い込んでいました。あの年頃の時には、宗教はとても面白い遊びなのです。わたしもかつて、幟を掲げ、聖体を捧げ、金で飾り立てられた神父さまの前にバラの花を撒いていたのでした。聖体拝領者の衣服を着てご満悦で歩き回り、大きな紫色の輝石の指輪をはめた司教の指に接吻をしました。苔の飾りのついた仮祭壇、聖マリア様の月の祭壇、キリスト誕生の厩の模型、聖職者たちの行列、天使たち、お香、あらゆる香り、舞踊のような人の行き来、キラキラ光る金銀まがいの衣装などはわたしの幼年時代の唯一の贅沢でした。そして、それほどの壮麗さに目を眩まされ、聖体顕示台の中心にあるオスチア（ミサで拝領する聖体としてのパン）のように、清く輝く魂を自分の内部に感じるのはなんと心地よかったことでしょう。そしてある日、魂と天は闇に沈み、自らに悔恨、罪の意識、恐れが住まうのを感じるのです。現世における点だけに限って見ても、アンドレは自らの周りに起きるあらゆることをひどく真剣に捉えていました。超自然の世界の神秘的な光の中に自らの生を投影して考えた時に、不安に囚われずにいられることなどありえたでしょうか。母親に反抗することは、おそらく神に逆らうことにも等しかったのです。でももしかしたら従うことで、彼女は、自らに与えられた恩寵に値しないと示しているのかもしれません。パスカルを愛することが、悪魔の企みに加担しているわけではないとどうしたらわかるのでしょうか。一瞬ごとに永遠が賭けられていて、どんな明白な徴も、わたしたちがその賭けに勝っているのか負けている最中なのかを教えてはくれないのです。パスカルはアンドレがその恐れを乗り越える手助けをしてくれました。しかし夜中の会話からわかったのは、彼女はいつなんどきその罠に再びはまらないとは限らないということでした。明らかに、彼女は教会では心の平安を見出せなかったのです。

わたしは午後の間ずっと心塞がれ、角の尖った雌牛たちと、その世話をさせられ怯えて真っ青になっている若い農民たちを浮かない気持ちで眺めていました。その後の三日間、家中の女性は皆地下で休みなく立ち働いていました。わたしも、グリーンピースを莢から出したり、プルーンの種を取ったりしました。毎年、この地方の大地主はアドゥール河畔に集まり、冷製の料理を食べるのです。この素朴なパーティーには長い準備期間を必要としました。「どの家庭も他より良いものを準備したいと思うし、毎年、前の年よりもさらに良いものをと思うからなの」とアンドレは言いました。その朝が来ると、当日のために借りた小型トラックには食べ物と皿がいっぱいに詰まった大型の籠二つが積み込まれ、隙間に若者たちがぎゅうぎゅう詰めになりました。年のいった人たちとカップルはわたしたちの後を車でついてきました。わたしは、アンドレに貸してもらった赤い水玉模様のワンピースを着ました。彼女は生糸地のドレスに、緑色のベルト、それに合わせた色の、紙製とはほとんど思えない大きな帽子をかぶっていました。

青く澄んだ水、樫の老木、みっしりと生えた草。草の上に寝転がり、サンドイッチを食べ、夜まで語り合うのには理想的でした。申し分ない午後を過ごせたかもしれないのにとわたしは残念に思いながら、アンドレがいくつもの籠から中身を出すのを手伝いました。なんと厄介な作業だったことでしょう。テーブルを設置し、料理を並べ、テーブルクロスを適切な場所に広げなければなりませんでした。後続隊が着きました。派手な自動車、アンティーク車、その中には二頭の馬を繋いだ四輪馬車までありました。若者たちはすぐにお皿を取り始めました。大人たちは布の敷かれた木の根元に座ったり、折りたたみ椅子に腰かけたりしていました。アンドレは微笑み、敬意を持って皆に挨拶していました。彼女は特に年配の男性の覚えが良く、彼らに引きとめられて長い間会話の相手を務めていました。それから、彼女は、マルーとギートに代わって、クリームを入れたアイスクリーム製造機の複雑なハンドルを回しました。わたしも彼女たちを手伝いました。

「ねえ、これ全部って、ご覧になった？」わたしは、食べ物が置き場もないほどいっぱいに並べられたテーブルの数々を指さして言いました。

「そう、『社会のお務め』を果たすという意味では、わたしたち皆模範的なキリスト教徒というわけね！」とアンドレは皮肉たっぷりに言いました。

クリームは固まりませんでした。わたしたちは諦め、テーブルクロスの周りに座りました。そこには、二十代の人たちが集まっていました。シャルルは一人の若い女性と丁寧な口調で話していました。彼女はとても不細工だけれど素晴らしく着飾り、ドレスの布地もその色も、わたしたちの語彙には存在しないものでした。

「このピクニックは緑の縁飾りのダンスパーティー（当時存在した、慈善事業を目的とした団体が主催したダンスパーティー）に似ているわね」とアンドレは囁きました。

「これお見合いなの？　女の子の方はかわいくないじゃないの」とわたしは言いました。

「でもとても金持ちなのよ。多分十件は申し込みが待っているわね」とアンドレは冷笑しました。

その頃、わたしはどちらかというと食欲旺盛な方でしたが、料理があまりにふんだんにあり、それらを給仕の女性たちが仰々しく運んでくるのですっかり食べる気を削がれてしまいました。魚のゼリー寄せ、コルネ（マヨネーズ和えのサラダをハムに詰めて角笛の形に巻いたもの）、アスピック（肉や魚、野菜のゼリー寄せ）、バルケット（小舟の形をしたパイ）、ガランティーヌ（骨を抜いた鶏などに詰め物をしてロール状にした冷製料理）、バロティーヌ（肉や魚などを巻いた、ガランティーヌに似た料理）、肉の蒸し煮、ショーフロワ（鶏肉や魚などにゼラチンを加えたソースをかけた冷製料理）、パテ、テリーヌ、コンフィ（肉の脂づけ）、ドディーヌ（バロティーヌやガランティーヌの一種）、マセドワーヌサラダにマヨネーズ、トルト（パイの一種）、タルト、フランジパン（アーモンド入りカスタードクリームを使った菓子）などがあり、それらをすべて味見し、美味しいと述べて最後まで食べないと、誰かの気を悪くしてしまうのでした。それに加えて、食事中は皆自分たちが食べているものの話をしていました。アンドレはいつもよりは食欲があるようで、最初のうちはどちらかというと快活でした。彼女の右に座っていたのは褐色の髪の、愚鈍そうな美青年で、絶えず彼女の視線を捉えては小声で話そうとしていました。そのうち、彼女が苛立っているのが見えました。怒りのせいなのかワインのせいなのかで、彼女の頬には少し赤みがさしました。ブドウ畑の所有者は皆自分たちのワインを持ってきていたので、わたしたちは瓶を何本も空にしました。会話は盛り上がり、男女関係の話になりました。〝親密な関係になってもいいのか、そうだとしたらどの程度まで？〟結論から言うと、誰もが反対でしたが、それは男性陣と女性陣で分かれてひそひそからかうように話し合う機会となりました。全体としてはこの若者たちはどちらかというと上品ぶっていましたが、それでも明らかに品の良くない人も何人かいました。色気のある話が小声で交わされ、ワインで盛り上がった若者たちは幾つかのエピソードを話し始めました。穏当な話ではありましたが、言外に、他の話もできるんだぞ、と言わんばかりの口調でした。わたしたちはシャンパーニュのマグナム瓶を開け、誰かが、皆同じグラスから飲もう、そうすれば隣の人の考えがわかるから、と提案しました。グラスは手から手へと渡りました。愚鈍そうな褐色の髪の美青年はグラスを干し、アンドレに手渡すと、何かを耳元で囁きました。彼女は手に持っていたグラスを投げ、グラスは草の上を転がりました。

「わたし距離が近いのは好かないの」と彼女はきっぱりと言いました。気まずい沈黙があり、その後シャルルが大声で笑い出しました。

「我らがアンドレは、自分の秘密を知られたくないのかな」

「他の人の秘密をあえて知りたいとは思わない。それにもう飲みすぎたし」

そういうと彼女は立ち上がりました。

「コーヒーを取ってくる」

わたしは困惑して彼女を目で追いました。わたしだったら、しのごの言わないで飲んだことでしょう。そう、彼女のこういった一見無邪気な、それでいて放蕩的な行為にはどこか人を動揺させるところがありました。でもそれほどの問題になることでしょうか。おそらくアンドレの目から見ると、同じグラス上で二つの唇が間接的に出会うというのは許されない行為だったのでしょう。ベルナールとのかつての抱擁のことを考えていたのでしょうか、それとも、パスカルがまだ与えたことのない抱擁を思っていたのでしょうか。アンドレは戻ってきませんでした。わたしも立ち上がり、樫の木の陰に向かいました。わたしは再び、彼女が言うところのプラトニックではない抱擁とは実際何を意味していたのだろうと考えました。わたしは性的な問題についてはかなり本で読んで知っていました。子供時代、そして十代の頃、わたしの体はそれらを夢見ることがありましたが、わたしのかなりの知識も、取るに足りない体験も、何が肉体の様々な関係と愛情や幸福を結びつけているのか説明してはくれませんでした。アンドレには、心と体の間に通路があったのですが、それはわたしにはまだ神秘に留まっていたのです。

わたしは林を抜けました。アドゥール川は大きく曲がっていて、わたしは川岸に出ました。滝の音が聞こえました。透明な川底では、まだら模様の小石が、それに似せたキャンディーにそっくりでした。

「シルヴィー!」

声の主はガラール夫人でした。麦わら帽子の下の彼女の顔は真っ赤でした。

「アンドレがどこにいるか知っている?」

「わたしも探しているんです」

「もう一時間もいなくなったきりなの。皆さんに失礼なことだわ」

〝本当は彼女は心配なんだわ〟とわたしは思いました。もしかしたらこの人はアンドレを彼女なりのやり方で愛しているのかもしれない。どんなやり方で？　それこそが問題でした。わたしたちは、それぞれが自分のやり方で、彼女を愛していたのです。

今や滝の音はわたしたちの耳に激しく流れるように入ってきました。ガラール夫人は立ち止まりました。

「そこだと思っていたわ！」

一本の樹の下、イヌサフランの近くに、わたしはアンドレのドレス、緑のベルト、目の粗い布の下着を見つけました。ガラール夫人は川に近づきました。

「アンドレ！」

何かが滝の下で動き、アンドレが顔を出しました。

「いらっしゃいよ！　水の流れは素晴らしいわ」

「そこからすぐに出なさい！」

アンドレはわたしたちの方に泳いできました。彼女の顔は笑みに満ちていました。

「昼食の後にすぐにこんなことを！　うっ血してしまうわ」とガラール夫人は言いました。

アンドレは川岸に登りました。彼女はローデンケープをピンで巻きつけていました。水に濡れてまっすぐになった髪が目の上に落ちていました。

「あらあら、なんていい顔色だこと！　どこで体を乾かすの？」

ガラール夫人は優しい声になって言いました。

「なんとかするわ」

「こんな娘を神様がわたしにお授けになった時に、なにをお考えになっていたのか知りたいわ」

ガラール夫人は微笑んでいましたが、厳しくこう付け加えました。

「すぐに戻ってきなさい。でないとあなたのお務めが終わりませんよ」

「戻ります」

ガラール夫人は遠ざかり、わたしはアンドレが服を着ている間、木の反対側に座っていました。

「ああ！　水の中はなんて心地よかったこと！」

「ひどく冷たかったでしょう」

「背中から滝の水を浴びた時には最初は息が止まったけど、気持ち良かったわ」

わたしはイヌサフランを引き抜きました。この、土からいきなりキノコのように顔を出し飾り気なく咲く、素朴だけれど同時に洗練されている不思議な花には本当に毒があるのかしらと思いました。

「サントネー姉妹にイヌサフランのブイヨンを飲ませたら、死ぬと思う？」

そうわたしは聞きました。

「かわいそうに！　あの人たち意地悪じゃないじゃないの」

アンドレはわたしに近づきました。彼女はすでにドレスを着てベルトを締めていました。

「コンビネゾン（シャツとパンタロンが繋がっている、当時ドレスの下に着ていた衣服）で体を拭いたの。誰もわたしが下着を着ていないとはわからないでしょう。体にあまりにたくさんのものをまといすぎるのよ」

彼女は濡れたケープとしわくちゃのペチコートを陽の当たるところに広げました。

「もう戻らなければ」

「ああ！」

「かわいそうなシルヴィー！　さぞ退屈でしょう」

アンドレはわたしに微笑みかけました。

「ピクニックが終わったから、もう少し自由になれると思うわ」

「わたしたちちょっとでも会えるようになんとかできると思う？」

「なんらかの方法をとってみる」彼女は何かを決意したような口調で言いました。

川に沿ってゆっくりと戻っている間、アンドレは話し出しました。

「今朝パスカルからの手紙が来たの」

「いい手紙だった？」

彼女は頷きました。

「ええ」

彼女はミントの葉を一枚とって擦り、嬉しそうにその匂いを嗅ぎました。

「もしもわたしのママンが考えてみると言ったのなら、良い兆候だと言うの。確信を持たなければと言うの」

「わたしもそう思う」

「わたし、確信を持っているわ」

わたしは彼女に、どうしてシャンパーニュのグラスを放ってしまったのか聞きたかったのですが、彼女を困らせるのが怖くてやめました。

その日の残り、アンドレは誰にでも愛想よくしていました。わたしはほとんど楽しめませんでした。それに続く日々、彼女は以前より自由が増えたわけではありませんでした。疑うべくもないことです。ガラール夫人はいつもあれこれと都合をつけて、わたしたちが会えないように計らっていました。ガラール夫人は、パスカルの手紙を見つけた時、わたしを招いてもいいと言ったことを後悔して歯噛みをしたに違いありません。それでできる限りそのミスを補おうとしているのです。わたしたちの別れが近づいているだけに、わたしは寂しく思っていました。新学期にはマルーの結婚式があり、アンドレは家でも社交界でも姉の役割を受け継ぐことになり、そうなれば次はチャリティーバザーや葬儀の際に慌ただしく彼女の姿を目にできるくらいだろう、そうわたしはその朝思いました。それはわたしが出立する二日前で、よくするように、わたしは皆がまだ眠っている時に公園に降りて行きました。夏は終わり、藪の葉は色づき始め、ナナカマドの赤い実は黄ばみ始めていました。朝の息が白くなる時間、秋の銅色は一層はっきりとして見えました。わたしは、寒さからまだ水蒸気が上がっている草の上で木々が燦然と輝いているのを見るのが好きでした。もう雑草の花しか生えていない、落ち葉の綺麗にかき集められた並木道をメランコリックな気持ちで歩いている時、どこかから音楽が聞こえてきたような気がしました。わたしは音のする方に歩いて行きました。それはバイオリンの音でした。公園の一番奥、松の木立に隠れて、アンドレがバイオリンを弾いていました。彼女は青いメリヤスのワンピースに古いショールをかけて、自分の肩に置いた楽器の響きを物思いにふけった様子で聞いていました。黒褐色の美しい髪を横分けにして、心を揺さぶるような白い肌を見せ、その輪郭を優しく敬意を持って指で辿りたくなるようでした。少しの間、わたしは弓が行ったり来たりする様子をこっそり覗き見し、そのようにアンドレを見ながらこう思いました。

〝彼女はなんてひとりっきりなんだろう〟

最後の音が去った時に、わたしは近づき、足の下で松の葉が折れて音を立てました。

「ああ！　演奏しているのが聞こえた？　家から聞こえるかしら」

「いいえ。このあたりを散歩していたものだから。本当に上手ね」

アンドレはため息をつきました。

「もう少し練習する時間がありさえすれば良いのだけれど」

「こんな風に野外コンサートを行うことがよくあるの？」

「いいえ。でもこの何日か、本当に演奏したかったの。それで、家の人たちに聞かれたくなかったから」

アンドレはバイオリンを小さいケースに寝かせました。

「ママンが降りてこないうちに戻らなければ。ママンは、わたしは頭がおかしくて、それはわたしの人生にとっては良くないっていうの」

「サントネーさんたちの家にバイオリンを持っていくの?」

家の方に向かいつつ、わたしはこう尋ねました。

「持っていくわけないでしょう? ああ、その滞在のことを考えるだけで辛いわ。少なくともここは、自分の家だもの」

「本当に行かなければいけないの?」

「ささいなことでママンと口論したくないの。特に今は」

「わかるわ」

アンドレは家に入り、わたしは本を持って芝生の真ん中に座りました。その後少ししてから、わたしは、アンドレが、サントネー姉妹を連れてバラの花を切っているのを見かけました。それからアンドレは薪小屋に薪を割りに行き、斧の鈍い音が聞こえました。太陽は高くまで上がり、わたしは特に心楽しまず読書を続けていました。わたしは、ガラール夫人が肯定的な決定を下すとは全く思えませんでした。確かにアンドレは姉のように、わずかな嫁入り資金しか持たせてもらえないかもしれませんが、彼女はマルーよりもずっと可愛らしくとりわけ頭がいいのですから、母親はおそらく彼女に対しては大きな野心を抱いていたのでしょう。突然大きな叫び声が聞こえました。叫んでいるのはアンドレでした。

わたしは薪小屋に走りました。ガラール夫人がアンドレの方にかがみこんでいました。アンドレはおがくずの上にうずくまり、目を閉じ、片足からは血が流れていました。斧の刃は赤く濡れていました。

「マルー、救急箱を持ってきて、アンドレが怪我をしたわ！」

ガラール夫人が叫びました。そしてわたしに、お医者様に電話するように頼みました。戻ってきた時には、マルーはアンドレの足に包帯を巻いているところで、母親の方は彼女にアンモニア水を嗅がせていました。アンドレは目を開けました。

「斧が滑ったの」とアンドレが弱々しく言うと、マルーはこう答えました。

「骨までは行ってない。傷口は広いけれど骨は無事」

アンドレは少し熱があり、お医者様は彼女がとても疲れているからといって、しばらく休養するよう命じました。どちらにしても、あと十数日間は足は使い物にならないだろうとのことでした。

夜に様子を見に行くと、アンドレは顔色こそ悪いものの、わたしに大きく微笑みました。

「ヴァカンスの終わりまで寝たきりってわけ！」彼女は勝ち誇ったかのようにそう言いま

した。

「痛い？」

「ほとんど痛くない。それに、この十倍痛かったとしても、サントネー家に行くよりはまし」

そう言うと、彼女はずるがしこそうにわたしを見ました。

「こういうのを僥倖（ぎょうこう）というのよね」

わたしは困ってしまって彼女をじっと見ました。

「アンドレ！　まさかわざとやったわけではないでしょう」

「だって、神がこんなちっぽけなことにわざわざお出ましになるとは期待できなかったのだもの」

そう彼女は陽気に言いました。

「なんて勇気かしら！　足を切断してしまったかもしれないのに」

アンドレは体を後ろに投げ出し、枕に頭をもたせかけました。

「もううんざりだったのよ」

一時のあいだ、彼女は黙って天井を眺めていました。白亜の顔、一点を見つめる目に、わたしはかつての恐れが再び頭をもたげるのを感じました。斧を振り下ろすなんて、わたしには決してできなかったでしょう。そう考えただけで血が逆流していくような気がしました。その瞬間に彼女の心の中で起こったことはわたしを恐れさせました。

「お母様何か疑っていると思う？」

「思わないわ」

アンドレは身を起こしました。

「放っておいてもらえるように、なんらかの方法を試してみるってあなたに言ったでしょう」

「その時もう心に決めていたの？」

「何かしようとは決めていたわ。斧のアイディアは今朝花を摘んでいる時に浮かんだの。最初は枝切り鋏で傷をつけようと思ったけど、それだけでは十分ではなかったでしょうから」

「あまり怖がらせないで」

アンドレは鷹揚に微笑みました。

「どうして？　うまくやったでしょう。切りすぎなかったし」

そうして、こう付け加えました。

「月末まであなたにいてもらえるようにママンに聞いてみてもいいかしら」

「反対なさると思うわ」

「でも一応話してみるわ」

ガラール夫人は内実を想像し、そのせいで後悔したり怖くなったりしたのでしょうか。それともお医者様の見立てが彼女を不安にさせたのでしょうか。何はともあれ、彼女は、わたしにアンドレに付き添ってベタリーに残ってもいいと言ったのです。リヴィエール・ド・ボヌイユ家一同はマルーとサントネー一家とともに帰り、屋敷は一日で突然静かになりました。アンドレはひとりだけの寝室を得、わたしは何時間も彼女の枕元で過ごしました。ある朝、彼女はわたしに言いました。

「昨日パスカルの件でママンと長いこと話したの」

「それで？」

アンドレは煙草に火をつけました。彼女は神経が高ぶると煙草を吸うのです。

「ママンはパパと話したんですって。今のところ、パスカルには何も不満はないと。あなたが彼を家に連れてきた時に、好印象を抱いたとさえ言うの」

アンドレはわたしと目を合わせようとしました。

「でも、ママンの気持ちはわかる。パスカルのことを知らないから、本気のお付き合いかどうかと思っているのね」

「結婚には反対ではないんでしょう」そう願いながらわたしは尋ねました。

「反対ではないわ」

「それならいいじゃない！　それが一番大事よ。あなたは嬉しくないの？」

アンドレは煙草をふかしました。

「あと二、三年は結婚は無理だから……」

「知っているわ」

「ママンは、わたしたちが正式に婚約をしなければならないと言うの。そうでなければパスカルに会うことは禁止だと。そして、関係を断ち切るためにわたしを英国に送ると言うの」

「婚約すればいいじゃない」

わたしは勢いよくこう続けました。

「もちろん、その話をパスカルとは一度もしなかったかもしれないけれど、まさか、彼があなたを二年間も英国に行かせたままにするとは思わないでしょう」

「彼にわたしと婚約するよう強いることはできないわ！　彼は、わたしに辛抱してと言ったのだし、自分の気持ちがはっきりするまで時間がかかると言うの。いくらなんでも、彼に無理強いして『婚約しましょうってば！』と叫ぶわけにはいかないわ」

「別に無理強いするわけではないでしょう。状況を説明するだけだから」

「そうすればあらゆる逃げ場を塞いでしまうことになるわ」

「でもあなたのせいではないでしょう。他にどうしようもないのだもの」

アンドレは長い間反論を試みましたが、わたしは最終的には、パスカルに話してみるよう彼女を説得しました。ただ、彼女は手紙で知らせたくはないと言いました。そして、母親に、新学期になったら彼と話してみると言い、ガラール夫人もそれに同意しました。ガラール夫人はこのところ機嫌が良かったのですが、それはもしかしたら「これで二人の娘が片付いたわ！」と思っていたのかもしれません。わたしに対してもほとんど愛想良くなり、そして、彼女がアンドレの枕を整えたり、ベッドジャケット（ベッドの上で読書をする際に羽織る衣服）を着せるのを手伝ったりする時、夫人が若い娘だった時の写真を思わせる何かが彼女の目にさっと宿るのでした。

アンドレはパスカルに、怪我をした顚末をおどけた調子で手紙に書き、彼の方は心配した手紙を二通よこしました。そこには、誰か理性的な人が彼女を見守ることが必要だと書かれていて、わたしには話さなかった他のことも書いてあったようです。でも、アンドレが彼の気持ちを疑っていないのはわかりました。休息と睡眠が彼女の顔色を良くし、少し太りもしました。アンドレがベッドからやっと出られた日ほど彼女が花咲くように輝いていたのを見たことがありません。

アンドレはまだ少し足を引きずり、歩くのは難儀そうでした。ガラール氏はわたしたちに丸一日シトロエンを貸してくれました。わたしは車に乗ったことはほとんどなく、しかも娯楽のために乗ったことは皆無でした。でもアンドレの隣に腰掛けると祝祭のように心が躍りました。車はガラス窓を閉めたまま大通りを勢いよく進みました。ランド地方の森を通り、松の木の間を空まで続いているまっすぐな道をわたしたちは辿りました。アンドレはスピードを上げて運転しました。速度計はほとんど時速八十キロを指していました。彼女は運転能力が高かったというものの、わたしは少し心配でした。

「ねえ、わたしたちを殺す気！」

「そんなわけないでしょう」

アンドレは楽しそうに微笑みました。

「もう今は全く死にたくはないの」

「前は死にたかったの？」

「ええ、とても！　毎晩、眠りにつく時に、このまま目覚めませんようにって思っていた。今は、毎日、わたしを生かしておいてくれますようにって祈っているわ」

わたしたちは大通りを離れ、ヒースの藪の間で眠っているいくつもの沼の間をゆっくりと回り、海の近くの人気のないホテルで昼食をとりました。シーズンは終わり、海岸は打ち捨てられ、別荘は閉まっていました。バイヨンヌでは、双子のために色とりどりのトゥーロン（フルーツのコンフィや木の実が入った棒状のヌガー）を買いました。そして、その一つを舐めながらカテドラルの回廊をゆっくりと回りました。アンドレはわたしの肩に頭を凭せ掛けていました。わたしたちは、スペインやイタリアの修道院の回廊の話をし、いつか二人で訪ねようと言い合い、それから、もっと遠い国の話、長い旅行の話もしました。車の方に戻る時、わたしは包帯が巻かれた足を指差しました。

「どうしたらそんな勇気が出たのかわたしには決してわからないと思う」

「わたしのようにぎりぎりまで追い詰められたらあなたも同じように振る舞っていたに違いないわ」

彼女はこめかみを押さえました。

「最後にはもう耐えられないほどの頭痛に苦しめられていたの」

「もう頭は痛くないの？」

「それほどは。夜眠れなかったから、マクシトン（アンフェタミン系の薬）とコーラナッツ（コラノキの実）を摂り過ぎてしまったの」

「もうそんなことはしないでしょう？」

「ええ。新学期になれば、マルーの結婚式まで二週間は辛いでしょうけど、もう今は力もあるし」

アドゥール川に沿った小道をたどり、わたしたちは森に入りました。ガラール夫人はこの日もアンドレに用を言いつけるのに成功していたのです。妊娠している農家の娘さんのところに、リヴィエール・ド・ボヌイユ夫人が編んだ産着を持っていくように言付かっていました。アンドレは、松の木に囲まれた林間の空き地の真ん中にあるランド地方に典型的な可愛らしい家の前に車を止めました。わたしは、サデルナックにあるような、堆肥の山があり、水肥の流れる小作農家の家に慣れていたので、森の真ん中にぽつねんと建ったこの農家の洗練された様子には驚きました。若い女性が、舅が作っているというロゼのワインを勧め、刺繡の施されたシーツをわたしたちに見せようとタンスを開けました。シーツはラヴェンダーとシナガワハギの香りがしました。十カ月の赤ん坊が揺り籠の中で笑っていて、アンドレは金のメダイユで赤ん坊をあやしていました。彼女はいつも子供がとても好きなのです。

「この歳にしてはずいぶん目が覚めているのねえ」

アンドレの口から発せられると、月並みな言葉も凡庸ではなくなるのでした。それは、彼女の声と微笑む目が誠実だからでした。

「この子も眠らないのよ」若い母親は手をお腹に当てて陽気に言いました。

彼女は褐色の髪に浅黒い肌で、アンドレのようでした。背丈も同じくらい、足は長くありませんでしたが、妊娠後期にしては品のある立ち居振る舞いでした。〝アンドレも妊娠したら同じようになるだろう〟そうわたしは思いました。わたしは初めて、アンドレが結婚して母親になる様を抵抗なく想像することができました。ここの家具のように、彼女の周りにはよく磨かれた美しい家具があり、人は彼女の家で居心地のよさを感じることでしょう。でも銅鍋を磨いたりジャムの瓶に硫酸紙をかけたりする代わりに、アンドレはバイオリンを弾くことでしょう。そして、わたしは、アンドレは本を書くだろうと密かに確信していました。彼女はいつだって本を読むのが好きでしたし、書くのも好きだったのですから。

〝彼女には本当に幸福が似合うことだろう〟わたしは、アンドレが、もうすぐ生まれる赤ん坊や歯を生やしかけている赤ん坊についてその若い女性と話しているのを見ながらそう思いました。

「いい日だったわね」一時間後、車がヒャクニチソウの植え込みの前に止まった時、わたしはそう言いました。

「そうね」

そうアンドレは答えましたが、その時、彼女もまた、将来について考えていただろうと確信していました。

＊＊＊

ガラール家はマルルーの結婚式があったので、わたしよりも先にパリに帰りました。わたしは、パリに戻るとすぐにアンドレに電話をし、次の日に待ち合わせをしました。アンドレはなんだか急いでいるようで電話での会話を切り上げようとしていましたし、わたしも、彼女の顔を見ずに話をするのは好きではなかったので、特にあれこれ問うことはしませんでした。

　わたしはシャンゼリゼ公園、アルフォンス・ドーデの彫像の前で彼女を待ちました。アンドレは少し遅れてやってきて、わたしはすぐに、何かがうまくいってないと感じ取りました。彼女はわたしの横に座ると、わたしにせめて微笑んで見せようともしませんでした。心配になり、わたしは尋ねました。

「何かよくないことがあるの？」

「ええ」

　アンドレは響きのない声でこう付け足しました。

「パスカルが無理だというの」

「何が無理なの」

「婚約が。今は駄目だって」

「それで？」

「ママンは結婚式が終わったらすぐにわたしをケンブリッジに送るって」

「でもそんなのばかげているわ！　そんなことったらないわよ。パスカルはあなたを出発させはしないでしょう？」

「彼は、手紙を書くから、一度は会いに行けるかもしれないし、二年間はそれほど長くはないというの」アンドレは、自分が信じていない教理問答を棒読みする調子で答えました。

「でも、どうして？」

通常、アンドレがわたしと話をするときには、あまりにも明晰なので言葉の方からするすると耳に入っていくようでした。でもこの度は、彼女は抑揚に欠けた調子でまとまりのない話をしました。パスカルはアンドレに再会して心を動かされたようで、アンドレを愛していると言いましたが、婚約という言葉を聞くと彼の顔色を変え、「それは無理だ！」と、勢いよく言ったというのです。こんなに早くに婚約など父親が許さないだろうと。パスカルのために人生をこれほど犠牲にしたのだから、ブロンデル氏は、自分の息子が全身全霊で国家試験に集中することを期待してもいいだろうと。恋愛問題は父親には気散じに思われるだろうというのです。パスカルが父親を尊重しているのをわたしは知っていました。彼の最初の反応が、父親を心配させるのではという恐れだったことは理解できました。でも、ガラール夫人が譲らないとわかった今、どうしてそれを無視することができたのでしょうか。

「こんな風に出発しなければならなくてあなたが悲しい思いをしていると、彼は感じたのかしら？」

「わからないわ」

「あなた、そのことを話した？」

「少しだけ」

「その点を強調したほうがいいわよ。きっと本当に話し合おうとはしなかったんでしょう」

「彼は追い詰められたように見えたのだもの。追い詰められたように感じる気持ちがなんなのか、わたし知っているから！」

彼女の声は震えていて、わたしは、パスカルの言い分は彼女の耳にほとんど入らず、反駁しようともしなかったのを理解しました。

「まだ闘える時よ」

「自分が好きな人たちと一生の間闘い続けなければならないの？」

彼女はあまりに激しい口調で話したので、わたしはそれ以上固執する気にはなれませんでした。

わたしは考えてこう言いました。

「パスカルにあなたのお母様と話し合ってもらったら？」

「わたしもそうママンに提案してみたの。でも、話し合うだけでは十分ではないって。もしもパスカルが真剣に結婚を考えているのなら、わたしを向こうのご家族に紹介しただろうって。それを断るということは、関係をすっぱりたち切るしかないと。そして、おかしなことを言ったの」

彼女は一時の間何かを思っていたようでした。

「ママンはこう言ったの。『あなたのことはよくわかっていますよ。わたしの娘なのだし、わたしの肉体そのものなのだから。あなたを誘惑にさらしてもいいと思えるほどにはあなたは強くない。もしもその誘惑に負ければ、罪は母親であるわたしに降りかかるべきでしょう』って」

アンドレは、わたしがその言葉に隠された意味を理解する手助けをできるとでも思っているかのようにわたしに目で問いかけました。でも今のところ、わたしにはガラール夫人個人のドラマは全くどうでもよかったのです。アンドレがこのようにあきらめているので、わたしは我慢できなくなりました。

「でも、あなたが出発を拒否したら?」

「拒否するですって? どうやって」

「無理やりあなたを船に乗せはしないでしょう」

「部屋に閉じこもって食事を摂るのを拒否することはできるわ。でもそのあとは? ママンはパスカルのお父様のところに話をしに行くでしょう……」

アンドレは手で顔を覆いました。

「わたしはママンを敵扱いしたくないの。そんな恐ろしいこと!」

そこでわたしはきっぱりとこう告げました。

「わたし、パスカルに話してみるわ。あなたは話すことができないでしょうから」

「話しても何も得られないと思う」

「試すだけは試させて」

「いいけど、何も得られないと思うわ」

アンドレは厳しい様子でアルフォンス・ドーデの彫像を見つめましたが、その目は、物憂げな大理石とは別のものを凝視しているようでした。

「神はわたしに敵対しているんだわ」

わたしは、その冒瀆の言葉を聞き、自分自身が信者であるかのように震えました。

「パスカルはあなたが神を冒瀆していると言うと思うわ。もし神が存在するならば、誰に対しても敵対することなどないでしょう」

「誰にわかるというの？　神がなんだと誰が知っているというの！」

彼女はそう言うと肩をすくめました。

「おお！　もしかしたら神は天ではわたしによき場所を取っておいてくれるかもしれない。でも地上においてはわたしに敵対しているの」

それでも、この世で幸福に過ごし、今は天上にいる人もいる、と彼女は情熱的に付け加えました。そして、突然泣き出しました。

「わたし、出発したくない。二年間もパスカルと離れ、ママンと離れ、あなたと離れるなんて！　わたしそんなに強くないもの！」

アンドレがこれほど泣いたのを見たことはありませんでした。ベルナールとの別離の時でさえです。わたしは彼女の手を取り、なんとかしてあげたかったのですが、自分たちの厳しい過去の囚われになっていて、動けませんでした。わたしは、ベタリー城の屋根の上で彼女が飛び降りようかと思いながら過ごした二時間のことを考えました。この瞬間、彼女の心の中はそれと同じくらい暗かったのです。

「アンドレ、あなたは出発しなくてもいいのよ。わたしがパスカルを説得できないなんてありえないもの」

彼女は涙を拭き、腕時計を見て立ち上がりました。

「何も得られないと思うわ」と彼女は繰り返しました。

わたしはその逆を確信していました。その晩パスカルに電話すると、彼は友情に満ち溢れ快活な声で電話に出ました。彼はアンドレを愛しており、そして彼は理性に訴えられると弱いのです。アンドレは最初から負けを覚悟で相対したので失敗したのですが、わたしは勝って手柄を持ち帰ろうと思っていました。

パスカルはリュクサンブール公園のテラスでわたしを待っていました。いつも待ち合わせには一番乗りする方でした。わたしは腰掛け、二人して大声で、なんていい陽気なんだろうと言い合いました。小さいヨットが浮かんでいる水盤の周りでは、花壇は細かい縫い目で刺繍されているようでした。そのふさわしいデザイン、きっぱりとした空、全てがわたしの確信を後押ししました。良識や真実が、わたしの口からは言葉となって出るだろうと。パスカルは譲歩せざるをえないだろうと。わたしは攻勢に出ました。

「昨日の午後アンドレに会ったの」

パスカルはわたしをいかにも理解したという顔で見つめました。

「ぼくもアンドレのことを君に話したかったんだ。シルヴィー、助けてもらえないか」

それはまさにガラール夫人がかつてわたしに言ったことでした。

「だめよ。わたしはアンドレに英国に行くように説得してあなたを助けたりはしないわ。彼女はここを離れてはいけないのよ。その考えがどんなに彼女を苦しませているか彼女はあなたには言わなかったかもしれないけど、わたしは知っている」

「彼女はぼくにも言った、それだからこそぼくを助けて欲しいんだ。二年間離れていても何も悲劇的なことはないと彼女に理解して欲しいんだ」

「彼女にとっては悲劇的なのよ。あなたと離れるだけではないもの。彼女の人生そのものと離れるということなの。彼女があんなに不幸そうなのを見たことがないわ。あなたには、彼女をそんな目に遭わせて欲しくないのよ！」

「君はアンドレを知っているはずだ。彼女はなんでも物事を真剣に考えすぎてしまう。そのあと、バランスを取り戻すって君もよくわかっているだろう」

そうして彼はこう続けました。

「アンドレがぼくの愛を確信して、将来に信頼を抱き、出発することに同意するのなら、別れはそんなにひどいものではないはずだよ」

「どうして彼女に、あなたの愛に確信を持てだの信頼を抱けだのなんて言えるの、もしあなたが彼女をこのまま行かせるつもりなら」

わたしはパスカルを見ました。開いた口がふさがりませんでした。

「いずれにしても、彼女が完全に幸せか、ひどくみじめな思いをするかはあなたにかかっているわけで、あなたは彼女の不幸を選ぶというわけね」

「ああ！　君は物事を単純に考える技を持っているなあ」

彼は、足元に転がってきた輪を拾い、小さい女の子の方に素早い仕草で戻しました。

「幸福も不幸も何よりも個人の心の内部の有り様だろう」

「アンドレの心の内部について言えば、彼女は何日も泣いて過ごすと思うわよ」

わたしは苛立ってこう付け加えました。

「彼女はあなたほど理路整然とした心の持ち主ではないの。誰かを好きになったら、会いたいと思う人なのよ」

「誰かのことが好きだからという言い訳のもとに理性を失ってもいいとは言えないだろう。ぼくはそういうロマンティックな先入観は大嫌いなんだ」

彼は肩をすくめました。

「身体的(しんたいてき)な意味の存在はそれほど大事ではないだろう。大事だとしたらそのことの方が問題だ」

「もしかしたらアンドレはロマンティックで、もしかしたら彼女は間違っているかもしれない。でももしあなたが彼女を愛しているなら、彼女のことを理解しようとしてみてもいいでしょう。理詰めでいきなり彼女を変えることはできないのだから」

わたしは不安になり、キダチルリソウとセージの植え込みを眺めました。突然、こう思ったのです。わたしは理詰めでパスカルを変えることはできない、と。

「なぜそれほどお父様に話すことが怖いの？」

「怖いわけではない」

「ではなぜ？」

「アンドレにはすでに説明した」

「彼女は何もわかってないわよ」

「父のことを知る必要がある。そしてぼくと父との関係を理解する必要があるんだ」

パスカルはわたしを咎めるような目で見つめました。

「シルヴィー、君は、ぼくがアンドレのことが好きだと知っているだろう？」

「もちろんわたしは、あなたがお父様の憂いになるようなことならどんなことでも取り除くため、アンドレをこれほど悲観させていると知っているわ！　でもね、お父様だってあなたたちがいつかは結婚すると感じているでしょう！」

「父は、ぼくがこれほど若くして婚約するのは馬鹿げていると思うだろう。そうして、アンドレの印象は悪くなるだろうし、ぼくも父の信頼を失ってしまうだろう」

パスカルは再びわたしと視線を合わせようとしました。

「信じてくれないか。ぼくはアンドレが好きだ。彼女の願いを断るくらいなんだから、ぼくの理由は相当深刻なんだよ」

「わたしにはわからないわ」

パスカルは言葉を探しているようで、仕方ないだろう、とでも言いたげな仕草をしました。

「父は年老いていて、くたびれているんだ、年取るとは悲しいものなんだよ」と彼は感極まった声で言いました。

「少なくとも状況をお父様に説明してよ！　アンドレはこんな風に国外に送られるのには耐えられないだろうとお父様に理解してもらって！」

「父は、人は何にでも耐えられるものだと言うだろう。わかるだろう、父自身、多くに耐えてきたんだ。父は、この別れて過ごす期間は望ましいと思うと、ぼくは確信している」

「でも、どうして？」

わたしは、パスカルがあまりに意固地になるのを感じ、怖くなりました。わたしたちの頭の上には、ただ一つの空、唯一の真実しかないはずなのに。ふと、いい考えが浮かびました。

「お姉さんに話をしてみた？」

「姉さんに？　どうして？」

「お姉さんに話をしてみて。もしかしたらお父様に物事を説明する手立てを見つけてくれるかもしれないでしょう」

パスカルはしばらく黙りました。

「ぼくが婚約すると言ったら、姉は父よりも一層動揺すると思う」

わたしはエマ、その広い額、白い襟飾りのついたマリンブルーの服、それから、パスカルを自分の所有物のように話す様を思い出しました。無論のこと、エマは味方ではなかったのです。

「ああ、あなたが怖いのはエマなのね？」

「なぜ君にはわかってもらえないのかな。ぼくは、父と姉に今までしてもらったことを考えると、父にもエマにも辛い思いをさせたくないんだ。ごく当然のことに思えるけど」

「でもエマはもうあなたに修道院に入ってもらいたいとは思っていないんでしょう」

「もちろん思っていないよ」

そしてためらってから、こう言いました。

「年をとるのは楽しくないことだよ。そして年寄りと暮らすのも楽しくない。ぼくがいなくなったら、姉にとって家は寂しくなってしまうだろう」

確かに、わたしはブロンデル氏の立場よりもずっとよくエマの立場がわかりました。本当のところ、パスカルはお姉さんのために彼の恋愛関係を秘密にしておきたいのではないかとわたしは思いました。

「でも、お父様もお姉さんも、いつかはあなたが家を出ると諦めて受け入れてもらう必要があるでしょう」

「ぼくはアンドレに二年間我慢してくれと言ったんだ。そうすれば、父は、ぼくが結婚するのも当然だと感じるだろうし、エマもその考えに慣れるだろう。今はそれは胸も張り裂けんばかりの苦しみでしかない」

「アンドレにとっては、この別れが胸も張り裂けんばかりの苦しみなのよ。誰かが出ていかなければならないのなら、どうしてそれが彼女である必要があるの？」

「アンドレとぼくには将来が目の前に開けているし、のちには幸せになるだろうという確信がある。一時の間、何もない人々のために犠牲になってもいいのじゃないかな」

パスカルは少しばかり苛立ったようにこう言いました。

「彼女はあなたよりも苦しむわ」

そして、厳しい目でパスカルを見つめました。

「彼女は若い。でもそれは、生き生きと血が流れているということで、彼女は生きたいのよ……」

パスカルは頷きました。

「それが、今は離れていたほうが恐らくいいのではと思える理由の一つなんだ」

わたしはあっけにとられました。

「わからないわ」

「シルヴィー、幾つかの点では君は年齢にしては遅れているね。それに、君は信仰を持たない。君にはわからない問いというものがあるんだ」と彼は、かつてドミニーク神父がわたしの告解時に語った口調で言いました。

「例えば？」

「婚約期間の親密な関係というのはキリスト教徒にはたやすいことではないんだ。アンドレは肉体を持った真の女性だ。ぼくたちが誘惑に負けなかったとしても、その誘惑は絶えず目の前に現れ続けるだろう。その手の思いに取り憑かれることはそれだけで罪なんだ」

わたしの顔は赤くなりました。その論拠は考えに入れていなかったので、それについて話し合わなければならないと考えてぞっとしました。

「アンドレがそのリスクを負う覚悟があるのだから、彼女に代わってあなたが決めることではないでしょう」

「あるとも、彼女自身から彼女を守るのはこのぼくなのだから。アンドレはあまりにも惜しみなく人に与える女性だから、愛のためなら地獄に落ちてもいいと思うだろう」

「かわいそうなアンドレ！　誰もが彼女の救いを求めているのね。彼女の方は、この世界で少しでも幸せになりたいだけなのに」

「アンドレはぼくよりも罪の意識がある。子供の頃のたわいのないエピソードのせいで彼女が後悔の念に駆られているのをぼくは見た。もしもぼくたちの関係が少しでもどっち付かずになれば、彼女はそれを許さないだろう」

わたしは、この議論に負けつつあると感じました。その不安が、かえってこう続ける勇気を与えました。

「パスカル、わたしの話を聞いて。わたしはアンドレと一月過ごした。彼女はもう限界なの。肉体的には少し回復したけれど、彼女は再び食欲と睡眠を失うだろうし、そうなれば病気になってしまうわ。精神的に限界なのよ。斧で足を切るなんて、どんな状態にあったかあなたに想像できる？」

わたしは、アンドレがこの五年間どんな生活を送っていたかを手短にそして一気に説明しました。ベルナールとの別離に心を引き裂かれたこと、自分が生きている世界の真実を見出して失望したこと、自分の気持ちと意識に沿って行動するために自分の母親と対立しなければならなかったこと。そして、何かを勝ち取ったとしても良心の呵責に毒されてしまい、何かを少しでもしたいと考えるや否や、それが罪ではないかと思い込んでしまうようになったこと。話を進めるにつれ、わたしは、アンドレがわたしに決して話さなかった心の深淵、でも彼女の言葉から薄々感じていたことを見出しました。わたしは怖くなり、パスカルもまた恐れているように感じていました。

「五年間、毎晩、彼女は死にたいと思っていたの。そしてこの間は、あまりにも絶望していたのか、こう言ったのよ。神はわたしに敵対している、って」

パスカルは頭を振りました。彼の表情は変わりませんでした。

「ぼくは君と同じくらいアンドレのことを知っている。いや、もっとだろう。だって君にはうかがい知れない点で彼女の気持ちを汲むことができるのだから。確かに彼女に対する要求は多かった。でも君が知らないのは、神は試練をお与えになるのと同じくらい恩寵もお授けになっているということだ。アンドレは君が想像もできないような喜びと慰めを持っているんだ」

わたしは敗北しました。そこで、不躾(ぶしつけ)に突然別れを告げ、うつむきながら、偽りの空の下、その場を去りました。他の言い分が頭に浮かびましたが、それは何の役にも立たなかったでしょう。不思議なことでした。わたしたちは数え切れないほど議論を交わし、いつでもどちらかがもう一人を負かしていました。今日は、現実的な何かが議論の主題になっていて、あらゆる理屈は、わたしたちの頭にしつこく巣くっている明白な事実の前に敗れたのです。それに続く数日間、わたしは、パスカルは本当はどういう理由に従っているのだろうと自問自答していました。彼を怯えさせていたのは父親だったのか、それともエマだったのでしょうか？　彼は誘惑と罪という話を本当に信じていたのでしょうか。それともそういったことすべては言い訳でしかなかったのでしょうか。今からすでに大人としての生活の義務を負いたくないと思っていたのでしょうか。彼は常に将来を恐れと共にしか見ることができませんでした。もしもガラール夫人が婚約を考えに入れなければこの問題は生じることはなく、パスカルは問題なく今後二年間アンドレに会い続けていたことでしょう。彼は自分の愛が真剣なものだと納得し、一人の大人の男性になるという考えを受け入れたことでしょう。わたしは彼の頑固さに苛立っていました。そしてガラール夫人、パスカル、それに自分自身を憎んでいました。アンドレについて、あまりにも多くの事柄がわたしの中ではっきりしないままでいて、彼女を本当の意味で助けることができなかったからです。

アンドレがわたしに再び会うことができないまま三日が経ちました。彼女はプランタン百貨店のティールームで待ち合わせをしようと提案してきました。わたしの周りでは、香水の匂いがぷんぷんする女性たちがケーキを食べ、物価について話をしていました。アンドレは彼女たちのようになる家柄に生まれついていたのです。でも、アンドレはそういった女性たちには似ていませんでした。わたしは、彼女になんて言ったものかと考えあぐねていました。自分自身を慰める言葉も見つからなかったのです。

アンドレは早足で歩いてきました。

「遅刻ね！」

「気にしないで」

彼女は遅刻することがしばしばありました。それは、良心の呵責を感じていなかったからではなく、相反する良心の呵責に苛まれていたからです。

「ここで待ち合わせさせてごめんなさいね、でも時間がほとんどなかったものだから」

そう言うと、彼女はテーブルの上にバッグと見本の山を置きました。

「もう四軒も回ったの」

「なんて役目かしら」

わたしは一連のパターンを知っていました。ガラール家の妹たちにコートやワンピースが必要だということになると、アンドレはデパートや専門店を回ります。そして生地見本を持って帰り、家族の勧めにしたがって、品質や値段などをかんがみた上で、ガラール夫人が生地を選ぶのです。今回は結婚式の衣装だったので、あっさり決めることは論外でした。

「あなたのご両親は百フランの違いでどうこういう方たちではないでしょう」わたしは、我慢がきかなくなって言いました。

「もちろん。でもあの人たちは、お金は無駄遣いするためにあるものではないと思っているの」

このような面倒な買い物でアンドレが退屈し疲れなくてすむのなら無駄遣いではないのに、とわたしは思いました。彼女の目の下には褐色の隈が見えていました。白い肌におしろいが浮き上がってしまっていて、痛々しく見えました。それでも、驚いたことには、彼女は微笑みました。

「双子たちはこの青い絹なら見栄えがすると思う」

わたしは興味がなかったのでただ頷くと、こう言いました。

「ねえ、疲れているように見えるけれど」

「百貨店に来るといつも頭痛がするの、アスピリンを飲んでおくわ」

彼女は水一杯とお茶を注文しました。

「お医者様にかかるべきよ。しょっちゅう頭痛がしているでしょう」

「ああ、これは偏頭痛なの。痛くなったり治まったりするからもう慣れている」

アンドレは水に二つの錠剤を溶かして飲み、再び微笑みました。

「パスカルはあなたたちの話を聞かせてくれた。あなたが彼のことを大変悪く思っていると感じて少し気にしていたわ」

そして、深刻な面持ちでわたしを見つめました。

「そんな風に思っては駄目よ」

「悪くなど思っていないわ」

わたしにはもう選択肢が残されていませんでした。アンドレが出発しなければならないのなら、パスカルを信頼するしかないのです。

「確かにわたしは物事をいつも大げさに捉える癖がある。わたしは気力がないと思ってしまうの。本当は人はいつでも何かをする気力があるのにね」

彼女は神経質そうに手を組んだりほどいたりしていましたが、顔つきは落ち着いていました。

「わたしの不幸は、たぶん信頼が足りないところからきているの。わたしは、ママンや、パスカル、神を信じなければならないのよ。そうすれば、彼らはお互いを嫌っているわけではないと感じ、彼らの誰もわたしの不幸を望んでいないとわかるでしょうに」

彼女はわたしに対してというよりも自分自身に話しているように見えました。普段はそんなことはないのです。

「そうね。パスカルはあなたを愛しているとあなたは知っているし、最後には結婚するでしょう。そうなれば二年間はそれほど長くはないわね……」

「わたしは出発したほうがいいのよ。彼らは正しいわ。そしてわたしもそれをよく知っているの。肉欲は罪だと知っている。だから、肉体を避けなければならない。勇気を持って物事を正面から見なければ」

　わたしは何も答えませんでした。そしてこう尋ねました。

「向こうであなた少し自由になれるの？　自分の時間が持てる？」

「いくつか講義を受け、たくさん時間ができると思う」

　そう言うと、彼女はお茶を一口飲みました。手の動きは収まっていました。

「そういう意味では、英国滞在は好機なのよ。パリに残っていたら、ひどい生活を送るに違いない。ケンブリッジでは息がつけると思う」

「よく寝て食べなければ駄目よ」

「心配しないで。わたし無理しないようにするわ。でもわたし、勉強したいの。英国詩を読むことにするわ。美しい作品があるのだし。もしかしたら何か翻訳してみるかもしれない。それに、英国の小説について勉強してみたいの。いまだかつて言われていないことが、小説に関してはたくさんあるような気がする」

　アンドレは微笑みました。

「わたしの考えは今のところまだ少し整理されていないけれど、この数日たくさんの考えが浮かんだの」

「ぜひ聞きたいわ」

「わたしもそのことをあなたと話したいわ」

アンドレはお茶を飲み干しました。

「次回は、時間を作れるようにする。五分だけのためにお呼び立てしてしてしまってごめんなさい。でも、わたしのことでもう心配しないでってただ言いたかったの。わたし、物事はそれがあるべきようにあるのだとわかったの」

わたしはアンドレと一緒にティールームを出て、砂糖菓子のカウンターの前で彼女と別れました。彼女は、わたしを勇気づけるかのように大きく微笑みました。

「電話するわ。またね！」

＊＊＊

それから後の出来事は、わたしはパスカルの口から聞きました。わたしはその場面をあまりにも頻繁に、細部にわたり彼に話させたので、記憶の中で自分自身の思い出とほとんど分けることができなくなっています。アンドレと会った二日後、午後の終わり、ブロンデル氏は書斎で学生の宿題を添削していました。エマは野菜の皮をむいていました。パスカルはまだ家に帰っていませんでした。ドアベルが鳴り、エマは手を拭いてドアを開けに行きました。そこに立っていたのは、黒褐色の髪の、グレーのスーツをきちんと身にまとった女性で、ただ、帽子はかぶらず、それは当時としては全く奇抜なことでした。

「ブロンデル様とお話ししたいんですが」とアンドレは言いました。

エマは、父親のかつての教え子なのだろうと思い、アンドレを書斎に通しました。ブロンデル氏は、見知らぬ若い女性が彼に近づき手を差し出したので驚きました。

「はじめまして。わたくしはアンドレ・ガラールと申します」

「申し訳ありません、あなたのことをどうも思い出せませんで……」彼は握手をしながら言いました。

彼女は椅子に腰をかけると無造作に足を組みました。

「パスカルに話をお聞きになりませんでしたか」

「ああ、パスカルのご学友ですか？」

「学友ではありません」

そう言うと彼女は周りを見渡しました。

「彼は今家にいないんですか」

「ええ……」

「今どこにいるんですか。すでに天にいるのでしょうか」彼女は不安げに尋ねました。

ブロンデル氏は彼女を細心に見つめました。頬は真っ赤で、明らかに熱があるようでした。

「そのうち戻ると思います」

「問題ありません。あなたにお目にかかりにきたんです」

彼女は震えました。

「わたしの顔に罪の徴があるか見きわめようとそのようにわたしの顔を見つめていらっしゃるんですか。わたしは罪を犯した女ではないと誓って言えます。わたしは常に罪の意識とは闘ってきました」

彼女はそう熱情を込めて語りました。

「あなたはとても優しいうら若き女性のようにお見受けしますが」

ブロンデル氏は、真っ赤に燃える炭の上にいるかのよう、のっぴきならぬ状況に自分が立たされていると感じ、口ごもりながら答えました。その上、少し耳が遠かったのです。

「わたしは聖女ではありません。わたしは聖女ではありませんが、パスカルに悪いことをしたりはしません。お願いです。わたしを出立させないでください」と言いながら額に手を当てました。

「出立ですと？　どこに？」

「ご存じでないのですか。もしもあなたがわたしを遠ざけようとなさるならば、母はわたしを英国にやるつもりなんです」

「そんなことを強いてはいませんぞ。何かの誤解でしょう」

そう言って彼は自分で安心したようで、こう繰り返しました。

「何かの誤解ですよ」

「わたしは家事をきちんとこなせます。パスカルは何一つ不自由なく暮らすでしょう。それに社交的な女ではありません。もしバイオリンの練習の時間ができ、シルヴィーに会う時間をいただけるなら、それ以上何も求めません」

彼女はブロンデル氏を不安げに見つめました。

「あなたはわたしが良識的ではないとお思いなのですか」

「そんなことは全く思っていませんぞ」

「ではなぜわたしに敵対なさるのですか」

「お嬢さん、誤解だと申し上げているでしょう。わたしはあなたに敵対などしておりません」

ブロンデル氏には何の話なのか全くわかりませんでしたが、熱のせいですっかり頬を赤らめているこの若い女性を見て彼はかわいそうに思いました。彼女を安心させようと思い、身を入れて答えたので、アンドレの表情は打ち解けました。

「本当ですか」

「本当ですとも」

「子供を持つことを禁じたりはなさいませんのね」

「もちろんしませんとも」

「子供七人は多すぎるでしょう、落ちこぼれがどうしても出てくるでしょうから。でも三、四人はいてもいいでしょうね」

「あなた自身のお話ならば」とブロンデル氏は言いました。

「そうです」

そして、一時考えてから、アンドレはこう言いました。

「おわかりでしょう、わたしは、出立する気力を出さなければと考えていたのです、そうできるだろうと。でも今朝、目を覚まして、わたしにはできないとわかったんです。そこで、わたしに哀れをかけてくださるようにお願いしに来たんです」

「わたしは敵ではありません」とブロンデル氏は言いました。「どうぞお話しになってください」

そこでアンドレはそれほど破綻なくことの成り行きを説明しました。パスカルは彼女の声が扉越しに聞こえてきたのでショックを受けました。

「アンドレ！」彼は非難がましい口調で言うと部屋に入ってきましたが、父親がそれを止める仕草をしました。

「ガラールさんはわたしにお話があっていらしたのだし、わたしは彼女とお目もじできてとても嬉しく思っているのだよ。ただ、お嬢さんは疲れていて、熱があるようだ。お母様のところにお送りしなさい」

パスカルはアンドレに近寄り手を取りました。

「本当だ、熱がある」

「なんでもないの。本当に嬉しいのよ。あなたのお父様がわたしを嫌っていないことがわかったのだから!」

パスカルはアンドレの髪に触れました。

「ちょっと待ってください、タクシーを呼んできます」

父親は息子の後について次の間に行くとアンドレの来訪について語りました。

「どうして彼女のことを今まで父さんに話さなかったのだ?」

父親は咎め立てしました。

「ぼくが間違っていたんです」

彼は突然何か見知らぬ、容赦ない、ひどく耐えがたいものが喉にこみあげてくるのを感じました。アンドレは目を閉じていました。彼らは黙って車を待っていました。パスカルは階段を下りるときにアンドレの腕をとり、タクシーでは彼女はパスカルの肩に頭をもたせかけていました。

「パスカル、どうしてわたしを一度も抱擁してくれなかったの」

パスカルは彼女を抱擁しました。

パスカルは簡潔にガラール夫人に事情を説明しました。二人はアンドレの枕元に腰掛けました。「もうどこにもいかなくていいのよ、何もかもうまく収まったのだから」そうガラール夫人は言い、アンドレは微笑みました。

「シャンパーニュを頼まなければね」

それからアンドレはうわ言を言いだしました。お医者様は鎮静剤を処方しました。彼は髄膜炎や脳炎の可能性に触れましたが、決定的な診断は下しませんでした。

ガラール夫人がわたしに気送速達で知らせてくれたところによると、アンドレは一晩中うわ言を言っていたとのことでした。お医者様たちは、彼女を隔離する必要があると判断し、サン゠ジェルマン゠アン゠レーの病院に運び、あらゆる方法で彼女の熱を下げようとしました。アンドレには三日三晩看護婦がつきっきりで付き添いました。

「わたし、パスカルとシルヴィー、バイオリンとシャンパーニュが欲しいの」と彼女はうわ言の合間に繰り返していました。熱は下がりませんでした。

ガラール夫人は四日目の晩徹夜で付き添いました。朝、アンドレは母親の姿を認めました。

「わたし、死ぬのかしら。結婚式の前に死んではだめよね。妹たちは青い絹の衣装をまとって、さぞ可愛らしいに違いないもの！」

彼女はかなり弱っていたので、ほとんど話すことができませんでした。そして、何回も繰り返して言いました。

「わたしのせいでお祝いが台無しだわ、わたしが何もかも台無しにするのね。わたし、みんなに面倒をかけてばかりなのね！」

それから少しして、母親の手を握るとこう言いました。

「悲しまないでね。どんな家族にも落ちこぼれはいるもので、わたしがその落ちこぼれなの」

彼女は他のことを言ったかもしれないのですが、ガラール夫人はパスカルには伝えませんでした。わたしが十時ごろ病院に電話すると、こう言われました。「終わったわ」お医者様たちは相変わらず診断を下していませんでした。

わたしは、病院の礼拝堂でアンドレを再び見ました。大きな蠟燭と花に囲まれて眠っていました。彼女は、荒い織りの布でできた丈の長いナイトガウンを着ていました。髪の毛は伸びて、黄ばんだ顔の周りにまっすぐ下がっており、あまりにも痩せこけていたので、ほとんど彼女の顔の輪郭を見分けられないくらいでした。青白く長い爪が伸びた手は十字架の上で組まれ、古いミイラの手のように脆そうに見えました。

彼女はベタリーの小さな墓地、先祖の塵芥の間に埋葬されました。ガラール夫人は号泣していました。「わたしたちは神の手の中にある道具でしかないのだよ」とガラール氏は言いました。お墓は白い花で覆われました。

わたしは、アンドレはこの白さに息が詰まって死んだのだと漠然と理解しました。列車に乗る前に、わたしはその純白の花束の上に三本の赤いバラを手向けました。

養女によるあとがき

シルヴィー・ル・ボン・ド・ボーヴォワール

アデリーヌ・デジールカトリック学校の生徒だった九歳のシモーヌ・ド・ボーヴォワールの傍(そば)には、彼女より何日か年上の、ダークブラウンで短髪のエリザベット・ラコワン、通称ザザがいました。天衣無縫(てんいむほう)でひょうきん、勇気があり、社会の因習をバッサリと切って捨てていました。その次の学期には、ザザは見当たりません。シモーヌは気が滅入り、打ちひしがれます。彼女にとっての世界が暗くなった時に突然、ザザは遅れて学校に顔を出し、ザザと共に、太陽、喜び、幸せが戻ってきます。ザザの生き生きとした知性と多彩な才能はシモーヌを魅了し、彼女はザザを賞賛し夢中になります。二人は学校の一、二位を競い、離れがたい仲となります。シモーヌが家庭で幸せでなかったわけではありません。若い母親を大事に思い、父親を敬愛し、妹は姉のシモーヌに従順でした。しかしこの十歳の幼い少女に起こったのは、初めての心の大きな動きでした。彼女の、ザザに対する気持ちは情熱的で、彼女はザザを崇拝し、嫌われるのではと考えただけで震えます。もちろん、彼女自身は子供時代の悲壮なほどの傷つきやすさの中で、彼女を雷のように打つ、早熟な啓示を理解してはいません。それは、彼女の証人であるわたしたちにとって感動的なのです。ザザとの二人きりでの長い会話は彼女にとっては掛け値なしの価値を持ちます。彼女たちの教育は彼女たちを規制し、誰かと親しくなることは許されず、彼女たちは丁寧語で話しますが、その慎み深さにもかかわらず、シモーヌは、誰ともそんな風には話さなかったように、二人で語り合っています。友情という因習的なレッテルに隠れ、名付けることのできない気持ちが彼女のまっさらな心を燃え上がらせます。それは、感動、トランス、または愛と名づけてもいいかもしれません。彼女はすぐに、ザザが自分と同じ気持ちを抱いていないこと、彼女の感情の強さに気づいてもいないことを理解します。でも、愛することの幻惑に比べたら、それがなんだというのでしょう。

ザザは一九二九年十一月二十五日、二十二歳になるひと月前に突然亡くなります。予期していなかったこの悲劇にシモーヌ・ド・ボーヴォワールは長い間取り憑かれることになります。長い間、ザザは彼女の夢に戻ってきて、バラ色のカプリーヌ（ソフトで広いつばのついた婦人帽）の陰の黄ばんだ顔で彼女を非難するようにじっと見つめます。虚無と忘却を消滅させるためには、ただ一つの解決策しかありませんでした。それは、文学の魔法に頼ることです。四度――未刊の青少年向け小説二作、『青春の挫折』、一九五四年ゴンクール賞をとることになった小説『レ・マンダラン』の中で削除した部分――、多様な書き方で、すでに四度この作家はザザを生き返らせようとしましたが、成功しませんでした。彼女は同年、今まで発表されずにいた中篇小説でこのテーマを繰り返します。それが今日ここに出版する、タイトルがないまま置かれていたこの作品です。この、事実をフィクションに移す最後の試みに彼女は満足しませんでしたが、この本質的な道のりを通し、彼女は決定的に文学作品の執筆へと戻ることになります。一九五八年、彼女は自伝的な作品の中に、ザザの生と死の物語を織り込みます。それが『娘時代の回想』です。

シモーヌ・ド・ボーヴォワールは、この作品を書き上げた後、批判的な判断を下してはいたものの、原稿を保管していました。そして、本作品はまた大きな価値を持っています。ある神秘を前にして、問いかけは募り、アプローチの角度、パースペクティブ、照明を様々に変えます。そして、ザザの死は一部神秘として残ります。一九五四年と一九五八年にザザについて書かれた二つの作品は完全に重なるわけではありません。この大いなる友愛のテーマが初めて舞台に上げられたのはこの作品が初めてです。それは、モンテーニュに、ラ・ボエシーと彼自身についてこう書かしめた、愛のように謎を秘めた友愛なのです。

「なぜかといえば、それは彼だったから、それはわたしだったからだ」

ザザを小説で体現するアンドレの傍には、「わたし」と称する彼女の友人シルヴィーが語り手としています。「離れがたき二人」は、物語でも人生においても同じように、様々な物事に立ち向かうために一致団結しますが、その友情のプリズムを通して物語を語るのはシルヴィーです。そして、コントラストの戯れを通し、取り除くことのできない曖昧さをあらわにするのです。

フィクションを選んだ時点で、必然的に様々な転移と変更が入り込んでおり、それを解読する必要があります。まず、固有名詞や地名、家族状況などは現実とは異なっています。アンドレ・ガラールはエリザベット・ラコワンの代理であり、シルヴィー・ルパージュはシモーヌ・ド・ボーヴォワール役です。ガラール一家（『娘時代の回想』の中ではマビーユ）には七人子供がいて、そのうち男の子が一人ということになっていますが、ラコワン家では九人で、娘が六人、息子が三人です。シモーヌ・ド・ボーヴォワールには妹は一人しかいませんでしたが、彼女のアルター・エゴであるシルヴィーには二人います。アデライード校はもちろん、サン＝ジェルマン＝デ＝プレのジャコブ通りにある著名なデジール校だとわかります。ここで女性教師たちはこの二人の少女を「離れがたき二人」と名付けたのです。現実とフィクションに橋をかけるこの表現が、後にこの作品の題名となります。加えて、パスカル・ブロンデルはモーリス・メルロー＝ポンティがモデルとなっています（『娘時代の回想』においてはプラデルという名前）。彼は父親を亡くし、一緒に暮らしていた母親ととても近い関係にあり、同時に、エマには似ていませんが一人の姉とも住んでいました。リムザン地方にあるメリニャックの地所はサデルナックに移し替えられ、ベタリーはシモーヌ・ド・ボーヴォワールが二度滞在したガーニュパンを指します。ここはランド地方にあるラコワン家の住居の一つで、もう一つはオーバルダンにありました。ザザはここ、サン＝パンドゥロンに埋葬されました。

ザザの死因はなんだったのでしょうか。

科学的かつ客観的に見ればウィルス性脳炎でしょう。しかし、それ以前に遡る運命的な連鎖があり、その網が彼女の存在そのものを捕え、最終的には衰弱させ、疲れさせ、絶望させ、狂気と死に至らしめたのではないでしょうか。シモーヌ・ド・ボーヴォワールはこう答えています。ザザは特別な存在であったために死んだのだと。人々が彼女を殺したのであり、彼女の死は精神主義的な犯罪だと。

ザザは、自分自身でい続けようとしたがために死んだのであり、周りの人間は、そうしようとすることは悪なのだと彼女に思い込ませたのです。一九〇七年十二月二十五日、ザザはカトリック信者の活動家でありブルジョワの一家に生まれました。この家庭では、厳格な伝統にのっとり、娘の義務とは自己を消し、自分を犠牲にし、皆に順応することだとされていました。ザザはあまりにも個性的だったので、「順応する」ことができなかったのです。「順応」とは、あらかじめ作られた、いくつもの穴が空いた鋳型の穴の一つに自分を嵌め込まなければならないことを意味する陰鬱な用語ではないでしょうか。そこからはみ出るものは押し込まれ、押しつぶされ、ゴミとして捨てられるのです。ザザは自分を型に嵌めることができず、皆は彼女の個性を打ち砕いたのです。それこそが罪であり、彼女に対する殺人行為でした。シモーヌ・ド・ボーヴォワールは、ガーニュパンでの家族写真の撮影を、一種の恐ろしさとともに思い出しています。そこでは九人の子供たちが年齢順に並び、六人の娘たちはお揃いのブルーのタフタのワンピースに身を包み、頭にはマグルマギクのあしらわれたまったく同じ麦わら帽子を被っています。ザザには彼女にあてがわれた場所がありました。それは、ラコワン家の末娘という永遠に変わることのない場所でした。若きシモーヌはそのイメージを頑なに拒絶しました。そう、ザザはそんな存在ではない、彼女は「取り替えのきかない唯一の人」なのです。自由の予測なき出現はこの家族が頑なに否定していたことでした。誰もが彼女を絶えず取り囲み、彼女は「社会的義務」の犠牲になっていました。家の中では多くのきょうだい、いとこたち、友人、大勢の親戚に囲まれ、家事や雑事、社交、他家の訪問や集団での娯楽に時間を取られ、ザザにはいっときたりとも自分の時間がありません。彼女は独りにしてはもらえず、自分の親友である女性と二人きりで話すこともできず、まるで彼女の人生が自分のものでないようで、バイオリンの練習をする時間も、勉強の時間も与えられず、独りになる特権は彼女からは奪われています。ベタリーでの夏季休暇はこうした理由から彼女にとっては地獄でしかありませんでした。息が詰まり、他の人々に常に囲まれた状況からあまりにも逃れたいと思うあまり――この状況はある種の修道会で実践されている同様の苦行を思わせます――彼女は斧で自分の足を傷つけ、ひどく耐え難い義務から逃れようとします。この社会階級においては、自らを目立たせてはならず、自分のために生きるのではなく、他の人々のために生きなければなりませんでした。彼女はある日、こう言います。「ママンは自分自身のためには何一つせず、自分の人生を人に捧げているの」この自己疎外の伝統に絶えず襲われ、生きた個性の表れは生まれる前に潰されてしまいます。シモーヌ・ド・ボーヴォワールにとって、これほど許しがたいことはありませんでした。そして、この作品が表そうとしているのはそれなのです。それを哲学的なスキャンダルと呼んでもいいでしょう。というのもこれは人間の条件の侵害だからです。客体の絶対的な価値を肯定することはシモーヌの思想とその作品の中心にあり続けるでしょう。それは、統計サンプルにおける単純な数字としての個人ではなく、かけがえのない個性、それがわたしたち一人一人を、ジードの表現を借りれば「存在の中で最も取り替えのきかない存在」にしているもの、その存在を意識するということなのです。「二度同じ形では見ることのないものを愛しなさい」それは出発点となる揺るがない信念であり、それを哲学的思考が支えることになります。絶対性はこの地上、この世で、わたしたちの唯一で固有の存在と関わりを持っているのです。

ザザの物語においてこの問題が至上のものとして現れてくることはいわば当然のことです。

何がこの悲劇を引き起こす動機になったのでしょう。複数の要因が重なって束となります。そのうち幾つかが目を引きます。ザザの母親に対する愛、母親からの否認はザザの心を引き裂きます。ザザは母親を情熱的に愛していました。それはほとんど占有的で、彼女を不幸にします。彼女の愛情の発露は、母親の冷淡さにぶつかり、彼女は多くのきょうだいの間に埋もれていると感じます。ラコワン夫人は、巧みに、幼い子供たちの騒ぎを叱ることに自分の権威を使わず、いざという時にその権威を発揮できるよう手付かずにとっておきました。娘にとっての将来の選択は結婚か修道院入りであり、ザザは自分の運命を自分の感情や趣味で決めることができません。お見合いを手配し、縁談を取り付けるのは家族であり、相手は思想的、宗教的、社交的、そして経済的要素を鑑(かんが)みて選ばれます。縁談は自分たちの社会階級の間で取りまとめられます。ザザは十五歳の時初めてその致命的なドグマに直面します。彼女は、親戚の少年のベルナールに対する愛情を突然に断ち切られ、二十歳になって再び彼女の愛情は潰されそうになります。彼女の本命のパスカル・ブロンデル、彼と結婚したいという希望は、疑わしい過ちであり、一族の目から見れば容認できないものです。ザザの悲劇は、彼女の心の奥底で、自分の味方がこっそり敵を手助けしているということでした。彼女は、自らが愛している宗教的な権威に反抗する力はなく、その制裁により殺されたようなものです。母親の叱責により自己に対する信頼を失い、生きる気力をなくし、彼女はその叱責を内面化し、彼女を批判する判断が正しいと思うようにさえなります。ラコワン夫人の抑圧はパラドックスに満ちていて、彼女の順応主義の塊にひびが入っていることがうかがえます。彼女は若いとき自分自身の母親から望まぬ結婚を強いられ、それに反発したこともあるらしいのです。彼女もまた、「順応し」なければなりませんでした。この恐ろしい言葉はここに現れます。彼女は自らを否定し、威厳のある年配の婦人になり、粉砕装置を再現するのです。彼女の自信ありげな態度の後ろには、どんな欲求不満、どんな恨みが隠れていたのでしょうか。

信仰心、さらに言えば精神主義はザザの人生に重くのしかかります。彼女は宗教に満ちた空気に浸かって育ちました。カトリックの活動家の一族出身で、父親は大家族の父親同盟の会長をし、母親はサン＝トマ＝ダカン教区で名誉ある立派な位置を占め、兄弟の一人は司祭であり、姉妹の一人は修道女です。家族は毎年ルルドに巡礼に行きます。シモーヌ・ド・ボーヴォワールが精神主義の名の下に告発するのは「潔白」さであり、俗世の社会階級に属する価値判断に超自然のオーラをまとわせる欺瞞(ぎまん)でした。もちろん、人を欺く者たちは自らが最初に欺かれているのです。何につけても自動的に宗教的な典拠をつけてしまえば正当化されます。「わたしたちは神の手の間にある道具でしかないのだよ」とガラール氏は自分の娘の死の後で言います。多くの人にとっては都合のいい形式的な実践でしかないカトリックの信仰を、ザザは内部化したがために服従せざるをえません。人並み外れた特質のせいで彼女は不幸を招いてしまいます。己の利益しか頭にない狭量な考えや行いで福音の精神を常に裏切っているような、自らの社会階級の「道徳」が含む偽善、嘘、エゴイズムをザザは明るみに出し、彼女の信仰はいっとき揺らぎはしました。彼女の信仰は残ったものの、彼女は内面の追放感に苦悩します。近親者には理解されず、現実生活では独りきりにしてはもらえませんでしたが孤立し、存在論的な孤独に苦しんでいました。彼女の全き精神的な要求の高さが彼女を痛めつけ、多くの矛盾により窮地に陥れ、文字通り壊死においやったのです。彼女にとっては、信仰とは、多くの人の場合のように神を自分の都合の良いように道具扱いすること、自己正当化や責任から逃れる手段ではなかったのです。彼女の信仰は、物言わぬ神、神秘的な、隠された神の苦しみに満ちた問いかけでした。彼女は、自らに拷問を与え、自らを引き裂きます。母親が彼女にいつでも言っているように、従い、考えることをやめ、従属し、自己を消さなければならないのでしょうか。それとも、シモーヌが彼女に勧めるように、反抗し、抵抗し、彼女に与えられた才能を主張するべきなのでしょうか。神の意志とは？　神は彼女に何を求めているのでしょうか。

罪の意識にしばしば襲われ、彼女は生気を失います。友人シルヴィーとは反対に、アンドレ／ザザは性に関する知識は豊富でした。ガラール夫人は、ほとんどサディスト的に、十五歳の自分の娘に結婚の現実を生々しく伝えます。母親は、初夜は「我慢しなければならない辛い時だ」ということを隠しません。ザザの経験はこのシニカルな態度を否定します。彼女は性的な欲望の魔法を知っています。彼女がボーイフレンドのベルナールと交わした抱擁はプラトニックではありませんでした。彼女は、自分の周りにいる若い処女たちの世間知らずな話題、生きた体の生々しい欲望の表れを「漂白し」、否定し隠す保守主義的な人たちの欺瞞を嘲弄(ちょうろう)します。しかしその反対に、彼女は自分が誘惑に弱いことも知っています。そして彼女の熱い官能性、激しい気質、生の肉体的な愛は両親の咎(とが)めに毒されます。少しでも欲望を感じた途端、彼女は、それは肉体の罪ではないかと疑います。良心の呵責、恐れ、罪悪感が彼女を揺さぶり、その自己批判は禁欲への誘い、虚無への好み、そして自己破壊への不安な傾向を強めます。ついに彼女は、長い婚約期間の危険を諭(さと)す彼女の母親とパスカルの前に妥協し、英国に留学することを承諾します。彼女自身はそれを拒んでいるというのに。この、彼女に対して行われた残忍な究極の束縛は、悲劇への歩みを早めます。ザザは彼女を引き裂くあらゆる対立によりこの世を去ります。

この物語の中で、友人であるシルヴィーは、単にアンドレを理解させる役割に過ぎません。エリアーヌ・ルカルム＝タボーヌ（文学研究者）が指摘したように、彼女個人の思い出はほとんど現れず、わたしたちは彼女の人生、その個人的な闘争、自己解放の動乱に満ちた歴史については何も知りません。特に、『娘時代の回想』の軸を構成するテーマである、知識人と保守派との対立については軽く触れられる程度です。わたしたちがそれでも読み取れるのは、彼女は、アンドレの生きる階級ではよく見られていないどころか、ほとんど受け入れられていないということです。ガラール家は裕福な暮らしをしているのに対し、シルヴィーの家族は、最初はブルジョワだったのが、破産し、一九一四年の第一次大戦以降は元の階層から脱落します。ベタリーでの滞在では、口には出されないものの毎日のように屈辱的な扱いを受けます。彼女の髪型や服装は指を差され、アンドレは密かに素敵なドレスを衣装棚にかけておきます。もっと重大なのは、ガラール夫人がシルヴィーを警戒しているということです。この、道から外れた娘、ソルボンヌで勉強をし、いずれは仕事を持ち、生活の糧を得、自立する女性を。シルヴィーがアンドレ／ザザに、ザザが彼女にとって過去どんな存在だったか——ザザは彼女の全てでした——を告白し、ザザが驚く厨房でのシーンは、二人の女友だちの関係が逆転する時点を示しています。その後、ザザのほうがより多く愛するようになるでしょう。シルヴィーは限りない世界に開かれているのに対し、アンドレは死の方に向かいます。しかし、アンドレを、優しく、敬意を持って生き返らせるのはシルヴィー、すなわちシモーヌであり、シモーヌがザザを生き返らせ、文学の恩寵により彼女に報いるのです。『娘時代の回想』の四章のそれぞれが、次のような言葉で終わることを想起せずにはいられません。それは、「ザザ」「わたしは語るだろう」「死」「彼女の死」です。シモーヌ・ド・ボーヴォワールは罪の意識にかられます。生き残ることは、ある意味では罪だからです。ザザはその代価となり、シモーヌは、「オスチア」と題した未刊のノートに彼女の逃避について書きさえします。しかしわたしたちにとって、この作品はシモーヌが言葉に託したほとんど聖なる使命を果たしていると言えないでしょうか。それは、時間と闘い、忘却と闘い、死と闘い、「一瞬のこの絶対的な存在を正しく評価すること。この、いつまでもゆるぎなくあり続けるだろう、この一瞬の永遠を」。

写 真 資 料

シルヴィー・ル・ボン・ド・ボーヴォワール氏と
エリザベット・ラコワン協会のご協力に感謝いたします。

© Association Élisabeth Lacoin / L'Herne
ラコワン家、1923 年前後、オーバルダンにて。ザザは 2 列目、左から 4 人目。

© Association Élisabeth Lacoin / L'Herne
ガーニュパンの屋敷の正面玄関。1927 年、ここでザザとシモーヌは長い休暇を過ごした。

シモーヌ、1915年、ザザに出会う少し前。

ザザの肖像、1928年。

モーリス・メルロー＝ポンティ、ザザの熱愛の人。本書ではパスカルの名で登場。

左からザザ、シモーヌ、ジュヌヴィエーヴ・ド・ヌーヴィル、1928年9月、ガーニュパンにて。ザザとシモーヌは、彼女たちがパリのデジール校の生徒だった10歳の時から友人だった。

シモーヌ・ド・ボーヴォワール、1928年、ガーニュパンでテニスの試合中。

ザザとシモーヌ、1928年9月、ガーニュパンにて。

レンヌ通り 71 番地。シモーヌはこの建物の 5 階、左側に 1919 年から 1929 年まで住んでいた。

ジャン＝ポール・サルトルとシモーヌ・ド・ボーヴォワール。1929 年 7 月、ポルト・ドルレアンの夜店にて。教授資格試験を受けている時期。

カフェ・ド・フロール。シモーヌはここに 1938 年から足繁く通うようになる。

Mercredi 15 Septembre
1920

Meyrignac
Par Uzerche
(Corrèze)

Ma chère Zaza,

Je vois décidement que ma paresse
n'a d'égale que la vôtre. voilà
15 jours que j'ai reçu votre grande
lettre et je ne me suis pas encore
décidée à vous répondre. Je m'amuse
si bien ici que je n'en ai pas
trouvé le temps.

Je reviens de la chasse, cela fait
la troisième fois que j'y vais.
je n'ai d'ailleurs pas eu de chance.
mon oncle n'a rien tué les jours
où j'ai été avec lui. aujourd'hui
il a touché une perdrix mais elle
est tombée dans un buisson et n'ayant

シモーヌからザザに宛てた手紙、1ページと4ページ目（190頁）。12歳の時に紫色のインクで書かれ、「あなたの離れがたき友」と署名されている。

「親愛なるザザ、わたしの怠慢の度合いはあなたに負けないと思います。あなたからの大事な手紙を受け取ってからもう２週間になるのに、まだあなたにお返事しようとしていなかったのですから。ここであまりにも楽しんでいるので、手紙を書く時間が取れなかったのです。今狩りから戻ってきたところです。狩りに行くのは３度目です。でも、残念なことに、これまでわたしがおじさんと狩りに行った時には、おじさんは何も仕留められませんでした。今日、おじさんの弾はヤマウズラに当たりましたが、獲物は藪に落ちてしまい（……）

reste nullement.

Y a-t-il des mûres à Gagnepan? à Meyrignac nous en trouvons beaucoup, les haies en sont couvertes aussi nous nous en régalons.

Au revoir ma chère Zaza; ne me faites pas attendre votre lettre aussi longtemps que je vous ai fait attendre la mienne.

Je vous embrasse de tout mon cœur ainsi que vos frères et sœurs et particulièrement votre filleule.

Mes respects à madame Lacoin ainsi que les meilleurs souvenirs de maman.

Votre inséparable

Simone.

Tâchez de lire ce grribouillage sans trop de peine.

何も残っていません。ガーニュパンには桑の実がありますか？　メリニャックではたくさん見つかります。生垣は桑の実に囲まれていて、好きなだけ摘むことができます。親愛なるザザ、ごきげんよう、わたしがあなたに手紙を待たせてしまったほどにはわたしに手紙を書くのを遅らせないでくださいね。心からあなたを抱擁します。あなたのきょうだいにも、そして特にあなたの代子（代母として洗礼に立ち合った子）に。ラコワン夫人にどうぞよろしくお伝えください。わたしの母もどうぞよろしくと申しております。あなたの離れがたき友、シモーヌ。このなぐり書きが読み取れるといいのですが」

© Association Élisabeth Lacoin

ザザがシモーヌに宛てた手紙、1927年9月3日。ここでは、ガーニュパンでの騒動から逃れるために斧を自分に振り下ろしたことが書かれている。

1927年9月3日、ガーニュパン

親愛なるシモーヌ、

あなたの手紙は、わたしが自分と向き合って数時間考え、ヴァカンスの前半にはなかった誠実な思索が心を照らし、自分への理解を深めてくれたちょうどその時にやってきました。あなたの手紙を読み、わたしたちはこれまでよりもっと近くなったと感じて嬉しくなりました。その前の手紙では、あなたはわたしから遠ざかってしまい、突然違う道を行くようになったと感じていたのですが。結局わたしがあなたのことをよく理解していなかったのですね。ごめんなさい。どうしてそんな風に思い込んだかというと、前々回の手紙で、あなたは、最近手にしたという真実の探求について強調していたからです。そこでわたしは、単にあなたの存在に与えられた一つの目的、一つの意味にしか過ぎない事柄を成就させるため、それ以外のことを全て投げ打ってもいいと諦念しているように感じてしまったのです。これほど美しい人間性の一部であるものを放棄しているように。でもわたしは、あなたはその手の自己犠牲的態度からはかなり遠いとわかりますし、何も放棄していないことも理解できました。今となっては確信できます。そこにこそ本当の力があり、自分たちの内部の完璧さにある程度まで達するように努力しなければならず、そこではわたしたちの考えの対立は消え去り、広い意味での自己実現が可能になるのです。だからこそ、あなたの「自分を十全に救う」という表現は本当に気に入りました。それは存在の最も美しく人間的な概念であり、広い意味で理解した場合、「自分の救いを実現する」というキリスト教の概念とそれほど離れていないと思われました。

（中略）もしあなたがそう言わなかったとしても、このところ、あなたは安らぎのうちにあると、手紙の落ち着いた様子からわかったことでしょう。自分を完璧に理解してくれる人がいて、完全に信頼できる友情があると感じることほどこの世で心なごむことはないと思います。

時間ができたらすぐに来てください。もし可能であれば10日にいらっしゃれれば都合がいいです。もちろん、他の日でも構わないのですが。ヌーヴィル一家が8日から15日までここにいるので、彼らに合流することになります。最初の何日かは何かと騒がしいと思いますが、彼らが出立した後も数日滞在してくれるといいのですけど。そして、ガーニュパンが賑やかな時も静かな時も滞在を楽しんでもらえることを祈っています。わたしが「何もかも忘れるために遊ぶ」という表現をした時、あなたはほとんど非難するような反応をしましたね。弁解しておきたいのですが、つい筆が滑ってしまったのです。わたしは経験上、何一つとして自分の気散じにならない時があり、そうなれば遊ぶこと自体が真の責め苦になると知っているからです。最近、オーバルダンで、わたしは、友人たちと一緒にバスク地方を散策することになっていました。その頃わたしは本当にひとりきりになる必要を感じていて、遊ぶことを考えるだけで耐え難かったので、わたしは斧を自分の足に振り下ろし、この散策から逃れようとしました。それで1週間車椅子生活を送ることになり、みんなが心配して何くれとなく声をかけてくれました。当然、わたしがなんて不器用で注意に欠けるかについても聞かされたのですが、少なくともそのおかげで、誰にも邪魔されずにすみ、おしゃべりしたり遊ばなくてもいいようになったのです。

あなたが来ている間は足を切らないでもいいように願っています。すでに11日には、ここから25キロ離れたところにある場所にランド地方の雌牛の競争を見に行き、いとこが住んでいる古城に泊まることになっています。その時にいてくだされば本当に嬉しいわ。列車については、なんと言ったらいいのかわからないのですが。ボルドーからいらっしゃいますか、それともモントーバンから？　モントーバンからであれば、リスクルに迎えに行けると思います。ここからはそれほど遠くないですから。そうすれば列車を乗り継がなくてもすむでしょう。都合のいい列車にお乗りになれば、日中でも夜でも自動車で迎えに行きます。

あなたのヴァカンスはどんな風ですか？　この手紙が着いたらすぐに返信を書いてくださると嬉しいのですけど。マルセイユ局留にしてくだされぱあなたの近況を伺うことができます。遠くにいてもしばしばあなたのことを思っています。あなたはもちろんご存じのはずですがこれほどにわかりきった真実を書くのがただ嬉しいので、書いておくことにします。

愛情を込めて、プーペットへ友情を込めて、お父様お母様によろしくお伝えください。

ザザ

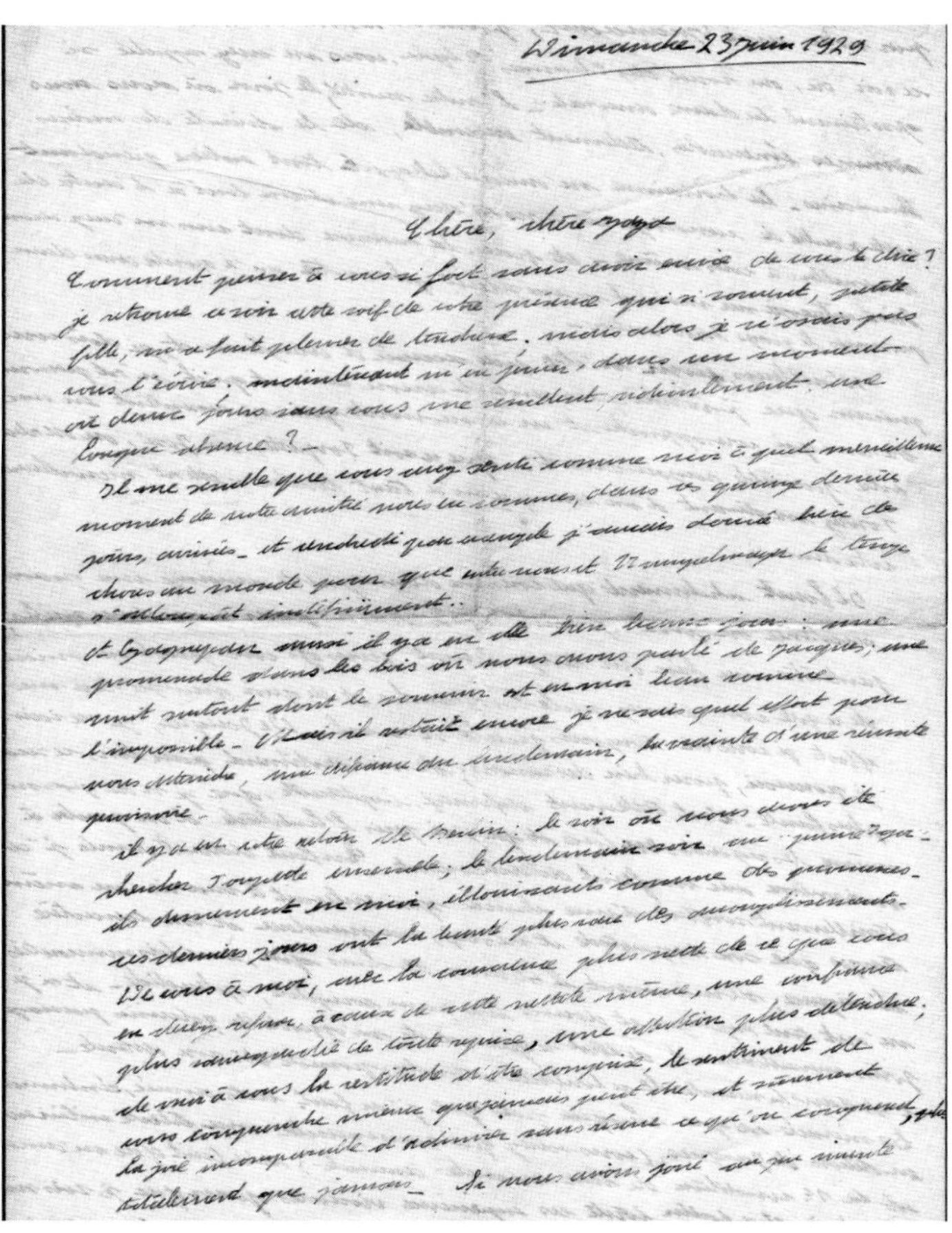
Dimanche 23 juin 1929

Chère, chère Zaza

シモーヌからザザに宛てた手紙の１ページ目。喪中の便箋に書かれているのは、彼女の祖父が亡くなったばかりであることを示している（1929年５月12日、メリニャックにて）

写 真 資 料

１ページ目

1929年６月23日、日曜日（パリ）

とても親愛なるザザ

あなたのことを強く考えると、それを口に出して言わずにはいられません。今晩、あなたがここにいてくれればいいのにと心の飢えを感じました。幼い頃はあなたを思ってよく泣いたものでした。でもその頃はあなたにそう書く勇気はありませんでした。今は、あなたに２日も会わずにいると、馬鹿げたことですがとても長く感じられるのです。

この２週間ほど、この友情がどれほど素晴らしい状態に達したか、あなたもわたし同様にお感じになったことと思います。例えば金曜日などは、わたしたちとランペルメイエの間で時間を永遠に延ばせるのであればわたしはこの世の何であれ差し出したことでしょう。

ガーニュパンでも美しい日々がありましたね。森の中を散歩して、ジャックのことを話した時や、わたしの中では、信じられないほど美しい晩として思い出に残っている夜のことか。それでもまだ、翌日までそれが続くかどうか恐れたり、その状態がかりそめではないかと心配しなければなりませんでした。

ベルリンからあなたが帰ってきた時。プーペットを一緒に迎えに行った時。その翌晩、「イーゴリ公」を観に行った時。それらは何かの約束のように輝くものとしてわたしの心に留まっています。この最後の数日間は、完璧に近い稀な状態まで達した美しさを持っていました。あなたからわたしには、あなたが何を拒むかはっきりと意識し、その明確な意識のせいで、信頼の気持ちはより守られ、愛情はより心打ち解けたものとなりました。わたしからあなたへは、自分を理解してもらえたという確信、おそらく今までにないほどあなたを理解できたという感情、それから確実に、今までにないほど完全に理解できたことを、掛け値なしに賞賛することができるという何にも代えがたい喜びがありました。もしも私たちが遊びを発明して遊んだなら……

(2ページ目は図版に現れない。4ページ目も同様)

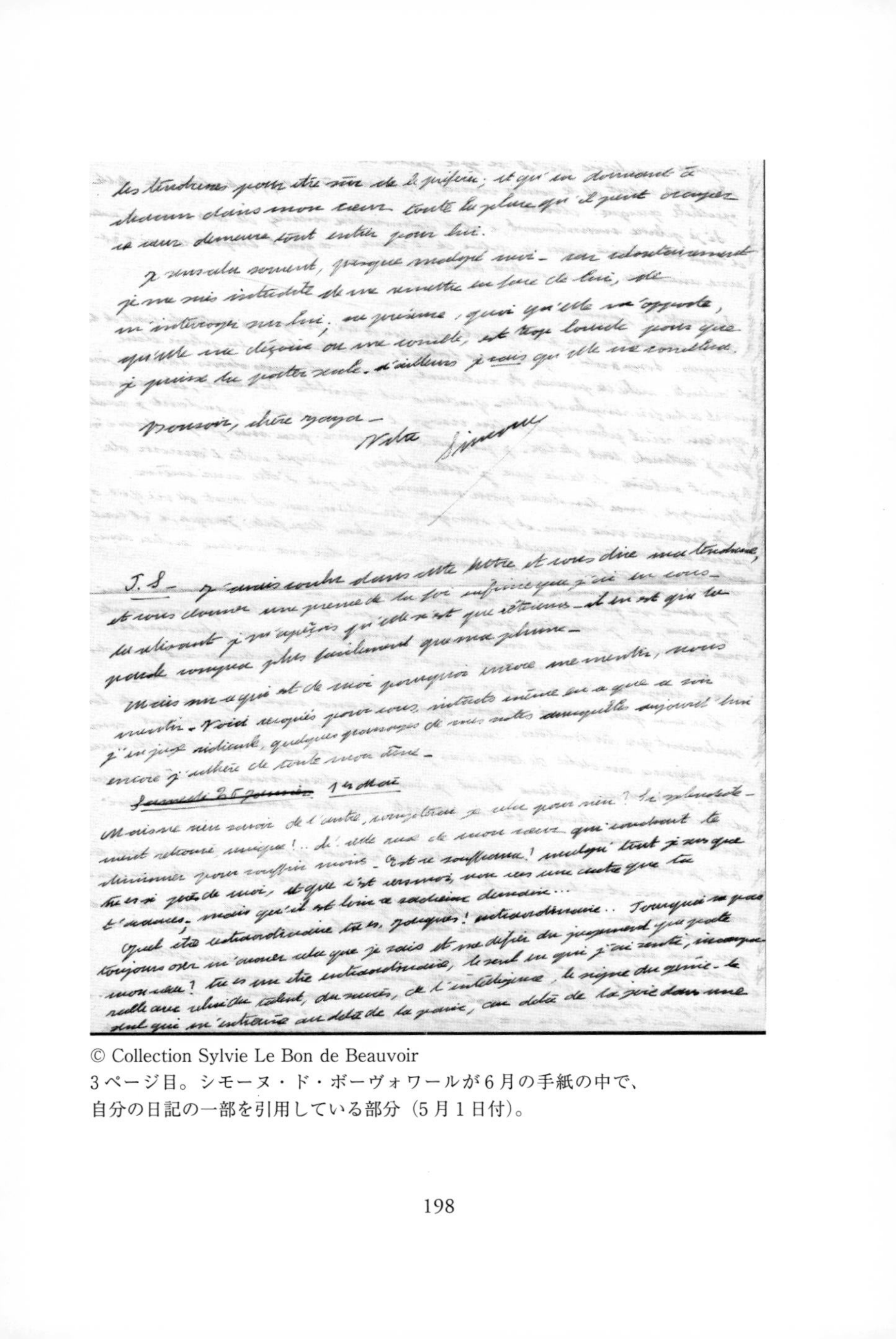

3ページ目。シモーヌ・ド・ボーヴォワールが6月の手紙の中で、
自分の日記の一部を引用している部分（5月1日付）。

３ページ目
……彼の方がいいということを確信するための優しさ。そして、彼が占めることができるあらゆる場所をそれぞれに与えてもなお、この心は丸ごと彼のためにあるのです。
わたしはほとんど心ならずもそう感じることがしばしばあります。というのも、わたしは彼の前にまた出たり、彼について色々考えたりするのを自分に禁じたからです。彼の存在は、それが何をもたらすにしても、失望させるにしても喜ばせるにしても——もちろんわたしは、それが喜びであると知っていますが——、わたしがひとりでそれを背負うには重すぎるのです。

良い晩を、親愛なるザザ
あなたのシモーヌ

追伸
わたしは、この手紙の中でわたしの優しさについて語り、あなたに対して抱いている限りない信頼の証拠を与えたかったのです。でも、手紙を読み返し、ほのめかし程度にしか書かれていないと気がつきました。言葉は自分の筆よりたやすく折れてしまうのです。
でもわたしについて言えば、自分に嘘をつき、わたしたちに嘘をつく理由はありません。あなたのためにここに、今晩は馬鹿げていると思えるにしても、今でも心の底からそう思っている、自分が書き留めた文章をそのままで書き写します。

~~１月26日土曜日~~　５月１日
でも、相手のことを何も知らないことは、知らないことのうちに入れていいのかしら？　これほど見事に見出された、ただ一人のあなた！

ああ、もっと苦しまないですむように、あなたのことを考えずにいたいと思うわたしの心のずるがしこさ。それは苦悩なのだろうか。そうだとしても、わたしは、あなたがこんなにも近くにいると知っている、そして、あなたが進んでいるのはわたしの方にであって、もうひとりの方ではないと知っている。でも、その輝ける地はなんて遠い……

ジャック、あなたはなんて素晴らしい人なの！　素晴らしい……

どうしてあなたはわたしがすでに知っていることを白状しようとしないの。そうすればわたしは自分の心が判断を下すことを避けることができるのに。あなたは素晴らしい人、たぐいまれな才能、成功、知性、天才の印を感じた唯一の人、平和を超え、喜びを超えたところまでわたしを運ぶ唯一の人……

ザザからシモーヌに宛てられた手紙。ここではメルロー＝ポンティへの感情について語られている。

1929年10月10日、木曜日の晩

親愛なるシモーヌ

わたしは、バー〈セレクション〉[※]でヴェルムートを飲み、温かいもてなしを受けたにもかかわらずひどい状態だったのを、ガンディヤックに倣って、謝るために書いているわけではありません。おわかりのように、わたしは昨日も、その前日の気送速達にすっかりやられていたのです。最も悪いタイミングで届いたものですから。もしP（メルロー＝ポンティ）が、木曜日に彼と会えるのをわたしがどんな気持ちで待っていたか想像できたら、あんな手紙をよこさなかったと思うのです。でも、彼が想像できなかったのは良かったことです。わたしは彼がしたことをとても好んでいますし、苦い思いや、ママンがわたしに与えるべきだと考えている陰鬱な忠告の数々にたったひとりで対抗している時、自分がどこまで失望できるか見るのは悪いことではありません。一番悲しいのは彼と文通できないことです。わたしは、トゥール通りの彼の家にメッセージを送る勇気は出ませんでした。昨日あなたがひとりだったら、わたしは、あなたの読み取れない字で便箋に数行を書き留めてもらったことでしょう。あなたは親切だから、気送速達をすぐに送ってくれ、彼がすでに知っているといいけれど、とわたしが思っている事柄を彼に言ってくれたことでしょう。わたしが辛い時も嬉しい時にも彼の近くにいて、彼の方は好きなだけわたしに手紙を書いていいのだということを。手紙を送ることをためらわないでくれるといいのですけど。すぐに彼に会えないならば少なくとも彼からの言葉をひどく必要とするでしょうから。それに、彼は今の所わたしが陽気かどうか心配せずにすみます。わたしたちの間のことを話したとしても深刻な調子を帯びてしまうでしょう。彼にもし会えていて、わたしが解放された気持ちになり、あなたとフェヌロン高校の中庭で火曜日におしゃべりした時の幸せな確信がまた戻ってきたら、と考えると、存在の中には、自分が悲嘆にくれていると感じている時に話せる悲しいことがたくさん残されているものですね。でもわたしが愛する人たちはわたしのことで心配しなくてもいいのです、わたしは彼らからは逃げないから。そしてこのところわたしはこの地上にしっかりと足をつけているように感じるのです。自分の人生そのものにも結びつけられていると。今までには決してありえなかったことです。そしてわたしは、心からあなたを大事に思っています。道徳から放たれ、気品に満ちた女性、シモーヌ。

ザザ

※バー〈セレクション〉は、1929年9月以降ダンフェール大通り91番地にシモーヌ・ド・ボーヴォワールが彼女の祖母から借りた部屋を指す。これが彼女の最初の独立した住処となった。

1929年11月4日月曜日、パリ

親愛なるシモーヌ

わたしは土曜日にP(メルロー＝ポンティ)に会いました。彼のお兄さんは今日トーゴに発ちます。週末まで、彼は授業と、お兄さんとの別れを辛く思っているお母さんに付き添うので忙しいとのことです。わたしたちは、土曜日バー〈セレクション〉で再会できるのが嬉しいし、グレーの優雅なドレスを着た永遠の失踪者であるあなたに会えるのをとても、とても嬉しく思っています。土曜日には同級生たちも外出すると知っています。どうして彼らを合流させないのでしょう。わたしたちに会うのを彼らがそんなに嫌がっているのでしょうか。わたしたちがお互いにやりこめ合うのではとあなたは危惧しているのでしょうか。わたしの方では、できる限り早くサルトルに紹介して欲しいと心から願っているのですが。あなたがわたしに読んでくれた手紙はとても気に入りました。そして詩は、不器用なところもありましたが美しく、とても考えさせられました。これから土曜日までは、説明すると長くなりすぎる家の事情により、わたしはそうしたくても、ひとりでは会うことができません。少し待ってくださいね。

あなたのことをいつも考えています。そして、心からあなたを愛しています。

ザザ

シモーヌ・ド・ボーヴォワールがザザに宛てた最後の手紙。1929年11月13日。ザザの容態は悪化していてこの手紙を読めなかった可能性がある。「わたしの離れがたき友」という表現が使われた最後の例。ザザは11月25日に亡くなった。

写 真 資 料

1929年11月13日、水曜日

親愛なるザザ、

日曜日5時のお約束楽しみにしています。サルトルも自由になって[※]一緒に来ると思いますが、わたしはその前にあなたに会えたらと思います。金曜日の2時から4時、または土曜日の同じ時間帯にサロン・ドートンヌに一緒に行くのはいかがでしょう。その場合、待ち合わせの場所をわたしに知らせてください。近日中に、授業の後でメルロー=ポンティに会うようにします。もしその前にあなたが彼に会うようでしたら、わたしからよろしくと親愛の念を伝えてください。

あなたが先日お話しになった厄介ごとが片付いているといいのですが。親愛なるザザ、わたしは一緒に時間を過ごせてとても嬉しかったのです。わたしは国立図書館にずっと通っていますが、ご一緒にいらっしゃいませんか。

あなたの手紙は1ページごと、1文字ごとが幸せの象徴です。このところ特に、わたしにとってあなたはいつになく大事なのです、これまでもそうだったし今もそう、あなたはわたしの大事な離れがたき友なのです。愛するザザ、心を込めて。

シモーヌ・ド・ボーヴォワール

※サルトルが就いたばかりの兵役のことを暗示している。

et neuf ans j'étais une petite fille très sage; je ne l'avais pas toujours été; pendant ma première enfance, la tyrannie des adultes me jetait dans des transes si furieuses qu'une de mes tantes déclara un jour sérieusement: "Sylvie est possédée du démon!" La guerre et la religion eurent raison de moi. Je fis tout de suite preuve d'un patriotisme exemplaire en piétinant un poupon en celluloïd "made in Germany" que d'ailleurs je n'aimais pas. On m'apprit qu'il dépendait de ma bonne conduite et de ma piété que Dieu sauvât la France: je ne pouvais pas me dérober. Je me promenai dans les couloirs du Sacré Cœur avec d'autres petites filles en agitant des oriflammes et en chantant. Je me mis à prier assidûment et j'y pris goût. L'abbé Dominique qui était aumônier du Collège Adélaïde encouragea mon premier zèle, vêtue d'une robe de tulle, coiffée d'une charlotte en dentelle d'Irlande je fis ma communion privée: à partir de ce jour on put me citer en exemple à mes petites sœurs. J'attirai du ciel que mon père fût affecté au ministère de la guerre, pour insuffisance cardiaque.

[illegible] pourtant j'étais [illegible]; c'était la rentrée: j'avais hâte de retrouver le Collège, les classes silencieuses comme des musées, le silence des couloirs, la sournoise attention de nos demoiselles; elles portaient des jupes longues, des corsages montants, et depuis qu'une partie de la maison avait été transformée en hôpital, elles s'habillaient souvent en infirmières; sous le voile blanc taché de rouge elles ressemblaient à des saintes et j'étais émue quand elles me pressaient sur leur sein. J'avalais précipitamment la soupe

© Collection Sylvie Le Bon de Beauvoir
『離れがたき二人』の原稿第1ページ目。1954年に書かれた。

訳者あとがき

本書は Simone de Beauvoir, *Les inséparables* (L'Herne, 2020) の邦訳です。本作は一九五四年に執筆されたものの、サルトルから出版には値しないと判断されたこともあり刊行されずにいました。一九八六年に亡くなる前、彼女は養女シルヴィー・ル・ボン・ド・ボーヴォワールに作品の扱いを任せます。そして、実に六十六年後、読者の目に触れる機会を得たと言えます。

ボーヴォワール未発表作品の刊行は当然のごとく注目を浴び、出版後すぐに二十八カ国での翻訳が決まりました。

作家のフレデリック・ベグベデは本書を評して「エリザベット（本書でのアンドレ）、彼女こそが、カトリックのブルジョワ階級が女性に及ぼしている抑圧に対しボーヴォワールの目を開かせてくれた。ここで私たちは、単なるフェミニズムのみならず、ボーヴォワールにおけるフェミニズムの誕生に立ち会っているのだ」と述べています。ボーヴォワール自身も、「私たちは、自分たちを待ち受けていた、抗うべき運命に共に挑んでいた。そして私は、彼女の死を代償として自らの自由を手に入れた気がしていた」と『娘時代の回想』で書いていますが、確かに本書を、ボーヴォワールがボーヴォワールになる前夜を描いていると読むこともできると思います。

本書に現れる伝統的なフランスブルジョワ社会の、因習的な姿に驚いた読者の方も多いかもしれません。これはフランスでの刊行時にも多くの読者にとって印象深い点であったようで、文芸批評家のオリヴィア・ド・ランベルトリは「この小説は決して古臭くない。古臭いのは（描かれている）時代なのだ」、同じく批評家のジャン＝クロード・ラスピエンジャスは「本書は因習的なフランスの貴重な証言だ」とそれぞれ評しています。若い女性に男性との外出は厳しく規制されるものの、喫煙や飲酒、車の運転は許されているなど、今から見るとちぐはぐな道徳規範も少なくありません。

とはいえ本書は、時代を超え、ボーヴォワールになじみの薄い現代の日本の読者の方にも通じる、一人の少女が成長していく物語として読んでいただくことができると思います。訳文に「です・ます」体を採用したのは、この物語が九歳の主人公の一人語りに始まるからです。この作品はまさに、主人公シルヴィーが、最初はパリのブルジョワ階級で育ち、ナイーヴに神を信じ、自分よりも親友のアンドレの方が大胆で自由だと感じ見惚れていたのが、次第に自分自身が自由を獲得していくまでの過程を描いているのであり、少女としての登場人物の声を原文そのままに日本語に訳出したいと考えました。

本書はまた、類まれなるシスターフッドの物語として読むことができると思います。シルヴィーとアンドレの関係に、エレナ・フェッランテの「ナポリの物語」シリーズや、トニ・モリスンの『スーラ』におけるスーラとネルの女性同士の友情、また、石井桃子の『幻の朱い実』での、両大戦間に自立を目指す女性である明子と蕗子の魂の交流を思い起こす人もいるかもしれません。登場人物の年齢や境遇は異なれど、これらの作品には、社会の抑圧に抗し、世界の美しさを求める女性たちの強い絆が描かれています。ボーヴォワール研究者のクリスティーヌ・デイグルは、『離れがたき二人』において興味深いのは、この二人の女性の才能、知性、そして大胆さに重きをおいた描写がなされていることです」と述べていますが、シルヴィーとアンドレそれぞれの戦いは、現在なおアクチュアリティを持つものとして読みうるのではないでしょうか。

アンドレの人生は悲劇的に幕を閉じます。特に第二部での彼女は、拒食症、それにしばしば伴うとされるアルコールや薬物依存、また、自傷行為、自殺衝動などケーススタディとしても典型的な症状を呈し、途中からすでに彼女の最後が予期されて胸が詰まります。

これは彼女に限ったことではなく、因習的な社会で独立を目指すこの時代の女性、また今日でもなお、そのような社会で生きざるをえない多くの女性が共通して直面する状況でしょう。誰でも、彼女のような環境に置かれたら、同様の悲劇を生きざるをえないのです。シルヴィーは、強い女性として彼女を見下しているのではなく、立場が変わればいつ何時彼女の生を生きざるをえなかったかもしれないと推測しているように見えます。

このような結末を迎えながらも、読書の印象が悲観的に終わらないのは、本書のいたるところに見られる、世界を肯定するまっすぐな視線でしょう。シルヴィーが初めて世界の美しさを感じ、信仰を捨てる場面、そして何より彼女がアンドレに対して抱く熱情、二人の人間が築き上げる唯一無二の深い関係。ボーヴォワールはエリザベット＝アンドレを単なる弱い女性、敗北者として葬りたくなかったのではないでしょうか。だからこそ、何度も作品内で彼女を蘇らせようとしたのでしょう。ボーヴォワール自身が言うように、彼女の死によって獲得された自由を、ボーヴォワールは自分だけの解放に留めず、その友愛に最後まで応えるかのように、著作を通じて、女性自身の自由、さらには、因習的な社会に対する人間の自由の獲得へと導いていったのです。その点において、本作品は今でも私たちに勇気を与えてくれているのだと思います。

この魅力的な作品の翻訳をご提案下さり、丁寧に伴走くださった編集者の茅野ららさんに心より感謝いたします。

二〇二一年五月　フランス・パリ

関口涼子

解説

フランス文学研究者
中村 彩

作者ボーヴォワールについて

本書の作者シモーヌ・ド・ボーヴォワール（一九〇八〜一九八六年）は二〇世紀のフランスを代表する作家・知識人である。哲学教師の職を経て一九四三年、小説『招かれた女』でデビューし作家に転身して以降、一九四五年には《レ・タン・モデルヌ》誌を伴侶で哲学者・作家のジャン＝ポール・サルトルとともに創刊したほか、小説、哲学的エッセイ、回想録など数多くの著作を発表した。実存主義として知られることとなる思想的潮流を代表する知識人として、サルトルとともに日本でも早くから受容され、その著作はほぼ同時代的に翻訳されてきた。ふたりは一九六六年に来日し熱烈な歓迎を受けてもいる。

ボーヴォワールの作品の中で最もよく知られているのは一九四九年の記念碑的著作『第

二の性』であろう。「女性とは何か」という問いを打ち立て、生物学、精神分析、歴史学、神話、文学などの諸分野の知見を総動員しつつ、現象学的知見を活かして女性の生きられた体験を再構成したこの著作は、二〇年後に世界各地で起きた女性解放運動（いわゆる第二波フェミニズム）に大きな影響を与えた。

とはいえボーヴォワールはフェミニストとしてのみ知られているわけではない。第一に彼女は小説家であり、一九五四年の『レ・マンダラン』ではフランスで最も権威のある文学賞であるゴンクール賞を受賞している。近年は哲学者としても再評価され、とりわけ『ピリュウスとシネアス』（一九四四年）、『両義性のモラル』（一九四七年）、『老い』（一九七〇年）などの哲学的エッセイは現象学の分野で読まれている。また一九五八年からは『娘時代の回想』、『女ざかり』、『或る戦後』、『決算のとき』の四作から成る回想録において、大文字の歴史とともに歩んだ自らの半生を記している。この回想録は、自らの母親の死を語った『おだやかな死』（一九六四年）およびサルトルの晩年と死を記録した『別れの儀式』（一九八一年）とともに、二〇一八年にガリマール社の「プレイヤード叢書」に収められ、これにより作家としてのボーヴォワールのフランスでの評価は確立されたと言えよう（ちなみにそれまでにこの叢書に収められた作家は二〇〇人以上いるが、女性は非常に少なくボーヴォワールは一五人目である）。このほかの著作としては、学生時代の日記『青春ノート』（二〇〇八年、未邦訳）、第二次大戦中の日記『戦中日記』

（一九九〇年）、サルトルや愛人だったアメリカ人作家ネルソン・オルグレンなどとの書簡、アメリカや中国を訪問した際の旅行記などが挙げられる。また知識人としては、七〇年代以降のフェミニストとしての活動のほか、アルジェリア戦争の際にアルジェリア独立を支持し、仏軍兵士に拷問・レイプされた独立運動家の女性ジャミラ・ブーパシャを擁護したことも有名である。

ザザを描いた作品群と『離れがたき二人』

さて、このように多岐に渡るボーヴォワールの作家活動において、本作『離れがたき二人』はどのように位置づけられるだろうか。本作は作者の親友ザザことエリザベット・ラコワンとの友情、およびそのザザの二一歳での悲劇的な死という実体験をもとに書かれた作品である。ザザについては養女のシルヴィー・ル・ボン・ド・ボーヴォワールのあとがきを参照していただくこととして、ここではボーヴォワールがどのように若い頃からこの友人について書こうと試行錯誤してきたのかについて、ざっと振り返ってみたい。[1]

1　ザザについては拙稿「シモーヌ・ド・ボーヴォワールにおける「ザザ」と解放の物語」、『女性空間』三五号、二〇一八年六月、五四－七一頁も参照いただきたい。

ザザが死んだときボーヴォワールは日記をつけているが、その死については「一九二九年一一月二五日——ザザの死」[2]と書かれているだけで、詳しい記述はない。この日記にはその後も友人を悼む記述などはあるが、実際に何が起きたかについては一切記されていない。次に彼女は一九三〇年代初期に二回、この話をフィクションで書こうと試みている。これらのテクストは未刊だが、回想録第二作『女ざかり』によれば、最初の物語ではザザをモデルにしたアンヌという女性は結婚している設定で、自分の音楽的才能を伸ばすよう励ましてくれるプレリアンヌ夫人との交流を夫から禁じられ、ザザと同様、「愛と責任感と、宗教心と、逃避したい要求とのあいだに身を裂かれ」[3]て死ぬ。しかしザザを既婚女性にしてしまった点がよくなかったと作者は述べている。そしてその次に書いた小説においても同様の失敗をしたという[4]。

次の試みは一九三五～三七年頃に書かれた短篇小説集で、ボーヴォワールの晩年（一九七九年）になって『青春の挫折』として出版されたものである。収められた五つの短篇のうち四つ目の最も長い短篇がザザの物語である。彼女はここでもまたアンヌと名づけられているが、これまでの二作と違って未婚の設定で、母親との葛藤なども描かれているという点において、より本書に近い物語と言えよう。

その後ボーヴォワールがザザについて書こうと試みるのは一九五〇年代に入ってからである。『レ・マンダラン』の削除された一節でザザと似た人物を登場させた後[5]、一九五四年に書いたのが『離れがたき二人』である。しかしなぜ彼女は本作を完成させたにもかかわらず出版しなかったのだろうか。回想録によればサルトルがこの小説に関心を示さなかったうえに、ボーヴォワール自身としても「この物語は無意味に思えたし、面白くなかった」[6]とのことである。しかしその数年後の一九五八年には自伝『娘時代の回想』でザザとの出会いから死までを描いていること、さらに自伝刊行後は「彼女〔ザザ〕は二度と私の夢に出て来なくなった」[7]と述べていることを加味するのであれば、フィクションではなく事実として語ることが作者にとって必然だったからこそ刊行されなかったと考えるべきかもしれない。

2　Simone de Beauvoir, *Cahiers de jeunesse 1926-1930*, Paris, Gallimard, 2008, p.824

3　Simone de Beauvoir, *Mémoires I*, Paris, Gallimard, 2018, p.146.〔シモーヌ・ド・ボーヴォワール、『女ざかり（上）』、朝吹登水子・二宮フサ訳、紀伊國屋書店、一九六三年、九五頁〕

4　*Ibid.*, p.493.〔同書、一四一頁〕

5　Éliane Lecarme-Tabone, « D'Anne à *Zaza* : une lente résurrection », dans Éliane Lecarme-Tabone et Jean-Louis Jeannelle (éd.), Simone de Beauvoir, coll. « Cahiers de L'Herne », Paris, L'Herne, 2013, p.209-210.

6　Simone de Beauvoir, *Mémoires II*, Paris, Gallimard, 2018, p.26.〔シモーヌ・ド・ボーヴォワール、『或る戦後（下）』、朝吹登水子・二宮フサ訳、紀伊國屋書店、一九六五年、二八頁〕

7　*Ibid.*, p.183.〔同書、一九三頁〕

『青春の挫折』と本作と『娘時代の回想』には共通する要素が数多くある。まずアンヌ／アンドレ／ザザはカトリックの大家族の娘である。本書における彼女の子供の頃のエピソード——転校してくる前に大やけどを負っていること、お菓子作りがうまいこと、ピアノの発表会で客席の母親に向かって舌を出したこと、家族にいとことの恋愛を妨げられたことなど——は『娘時代の回想』にも書かれている。ヴァカンス中の家族付き合いが嫌で斧で自ら足を傷つけた話や、シモーヌ／シルヴィー（『青春の挫折』ではシャンタル）がバカンスで滞在している間に夜中に家を抜け出して語り合う場面は（語られ方は微妙に異なるが）三作品に共通している。そして最後の、熱に浮かされたアンヌ／アンドレ／ザザが想いを寄せる青年の家に直接赴いて結婚を求める場面も三作に共通している。本作ではアンドレの母親の過去——彼女自身の結婚生活の不幸——がより詳しく描かれていることなどが他の二作と異なる。また本作のアンドレが寝不足の生活を乗り切るのにマクシトンとコーラナッツを摂っていると述べる場面や、時速八〇キロで車を走らせる場面は他では見られない。これらはアンドレの死をより強く予感させるためのフィクションかもしれない。

三作を比較したときに最も興味深いのは語りの構造の変化である。『青春の挫折』のアンヌの物語では、一人称と三人称の語りが両方使われ、三人称でも視点人物を頻繁に変えるという手法が取られている。この頃のサルトルやボーヴォワールの作品によく見られる手法だ。しかし肝心のアンヌが一人称で語ることはなく、また三人称の部分でアンヌが視点人物となることもない。もちろん彼女が会話を交わすことはあるのだが、アンヌは自分の物語を語る「声」を持たないのである。一方『娘時代の回想』は自伝なので作者は一人称で自分の物語を語っている。そこにおいてザザは特権的な位置を占める親友として描かれる。特に第四部では紙幅のおよそ三分の一が彼女に関する記述に割かれていて、当時ザザがシモーヌに書いた手紙[8]が長々と引用されており、『青春の挫折』とは逆にボーヴォワールはここでザザ自身に語らせている。これら二作品の合間に書かれた『離れがたき二人』は、フィクションでありつつも作者をモデルとした主人公を語り手として一人称で書かれているという点において、入れ替わる複数の視点を用いたフィクション作品『青春の挫折』から一人称の自伝『娘時代の回想』に至るまでの過程を表していると言えるだろう。また本書は会話が多いため、アンドレは一人称では語らないものの、『青春の挫折』のアンヌよりは自らの「声」を聞かせることのできる人物となっている。こうした意味で本書はまさしく『青春の挫折』から作者がどのような試行錯誤を経て『娘時代の回想』に至ったかを理解させてくれるものである。

ブルジョワ的規範への反抗の萌芽

8　一部は本書の写真資料に収録されている。

「離れがたき二人」と呼ばれる親友だった二人だが、結局は「離れ離れ」となり異なる運命をたどることとなる。子供の頃のシモーヌ／シルヴィーは自分より自由を謳歌しているように見えるアンドレ／ザザに憧れを抱いているが、思春期以降この構造は逆転し、シモーヌ／シルヴィーが大学に行き就職することを認められ自由を徐々に得ていくのに対し、ザザ／アンドレは見合い結婚を求める家族に抗することができず死に至ることとなる。

この時期はボーヴォワール自身も葛藤のさなかにあった。というのも彼女の両親は持参金が足りず娘によい結婚が望めないがために就職を認めたものの、彼女が「インテリ」になることを受け入れたがらず——それはとりもなおさずブルジョワ階級からの脱落を意味するから——家では娘と冷戦状態にあったからだ（その家から一刻も早く抜け出したいがためにボーヴォワールは普通より一年早く教授資格を取っているほどである）。ボーヴォワールのブルジョワジーへの批判的な態度はこの時期に生まれたもので、その反抗の輪郭は学生時代の読書や友人たちとの付き合いの中で明確になっていった。そのボーヴォワールにとって、同志であり親友であったはずのザザが自分の未来に絶望しながら死んでいったという事実が、ブルジョワ的因習がもたらす暴力の結果と思われたのは無理もない。そしてこの死の経験は、彼女のそうした因習に対する反抗やフェミニスト的な姿勢をさらに明確化していくこととなる。

このボーヴォワールが葛藤の末に自由を勝ち取るまでの物語は『娘時代の回想』の中核をなしており、そこではザザの物語はあくまでもボーヴォワール自身の解放の物語の裏側にあるものとして語られている。それに対し本書では、シルヴィー自身の物語はあまり詳しく語られていない。しかし本書においても、シルヴィーが自分の友人に寄り添いつつもガラール家の人々やその友人たちにシニカルな目線を向けていることは十分にわかる。たとえばベルナールとの恋愛を禁じてアンドレを苦しませるガラール夫人を「嫌悪」（四六頁）したと述べるとき、あるいは踊るブルジョワの若者たちを眺めながらその醜さを指摘するとき（七八頁）、シルヴィーはすでに自らの階級の因習への抵抗を表明している。それはたしかに彼女の解放の始まりと言えよう。最終的には友人の墓に赤いバラを添えることしかできないとしても。

二〇二一年六月

訳者略歴　1970年東京生まれ，翻訳家，詩人，作家。フランス語と日本語で創作を行う。2012年にはフランス政府から芸術文化勲章シュヴァリエを授与される。訳書に，『素晴らしきソリボ』シャモワゾー（共訳），『エコラリアス』ヘラー＝ローゼン，『セロトニン』ウエルベックなど。ピキエ社刊行の，食をめぐる日本文学の叢書「Le Banquet（饗宴）」編集主幹

離（はな）れがたき二人（ふたり）

2021年7月10日　初版印刷
2021年7月15日　初版発行

著者　シモーヌ・ド・ボーヴォワール

訳者　関口涼子（せきぐちりょうこ）

発行者　早川　浩

発行所　株式会社早川書房
東京都千代田区神田多町2－2
電話　03－3252－3111
振替　00160－3－47799
https://www.hayakawa-online.co.jp

印刷所　株式会社精興社
製本所　大口製本印刷株式会社

Printed and bound in Japan

ISBN978-4-15-210034-4　C0097